AF355639

NOUVELLE COLLECTION NATIONALE

Georges MALDAGUE

Autant de lecture que dans un volume à 9 francs pour

**95** cent. +

l'ouvrage complet illustré

# UN CRI DANS LA NUIT

F. ROUFF, éditeur, 8, boulevard de Vaugirard, PARIS

# UN CRI DANS LA NUIT

PROLOGUE

Un cri, un seul, à travers le fracas des vagues escaladant les dunes et arrêtées dans leur envahissement par la magnifique forêt de pins qui protège ce bourg de Soulac, dont l'église, aujourd'hui dégagée, fut, au cours des siècles, sous l'impalpable poussière chassée par le simoun marin, ensablée jusqu'à son clocher.

La mer montait vers le chalet, entre deux éminences de sable, contre la forêt elle-même; la grande mer sauvage de septembre.

La tempête hurlerait toute la nuit, comme elle sait hurler par les marées d'équinoxes, sur cette plage, où les couchers de soleil peuvent enflammer d'or, de pourpre et d'azur, de mauve et d'argent, l'immense nappe où descend, dans toute sa royauté, l'astre de chaleur et de lumière.

Mais, maintenant, c'était la nuit... parfois opaque, parfois trouée d'éclairs. Eteintes, les illuminations du Casino et presque toutes les villas plongées dans le noir.

Qui l'entendit, ce cri?

D'un balcon du chalet, la chute d'un corps, une forme blanche que la vague happa, qu'elle rejeta, puis reprit, pour la renvoyer et la reprendre encore.

Pourtant, dans cette nuit d'encre, zébrée de rayures de feu, un homme sauta d'une barque que la marée poussait à la côte, saisit d'un bras le corps frêle, s'aidant de l'autre, tout en se laissant porter et, en même temps que la barque, à quelques brasses plus loin, échoua sur le sable.

Le pêcheur, un gars d'une vingtaine d'années, articula tout bas :

— La demoiselle de la « Vedette »!

Enlevant la jeune fille comme il eût enlevé un enfant, il gravit le sentier de la dune et carillonna à la porte du chalet où rien n'avait bougé.

Mi-vêtue, une servante vint ouvrir.

Et ce fut, en quelques instants, toute la maison debout; une jeune femme dont la maternité semblait proche, une femme d'un certain âge, et une domestique. Puis, vint un homme pâle, grand et mince, au visage contracté, qui ne fit qu'apparaître, reconduisant jusqu'au chemin qui grimpait de la mer, le sauveteur pressé de courir à sa barque, et qui ne voulait accepter aucune récompense.

Mise au lit, la jeune fille, qui jetait autour d'elle des regards d'épouvante, dit qu'en se penchant pour fermer un volet qui battait, elle avait perdu l'équilibre.

Elle ferma les yeux et parut s'endormir.

Au cours de la nuit, la fièvre la prit, une fièvre si violente, qu'il fallut chercher un médecin.

Lorsque celui-ci arriva, elle était calmée mais si pâle en ses cheveux blonds voilant à demi le visage de leur cascade soyeuse, si inerte, si brisée qu'elle ressemblait à une petite morte.

— Du repos, du calme, dit le docteur. C'est la réaction... Elle a eu peur... Rien de sérieux dans son état.

Le lendemain, en effet, elle était debout.

Sa sœur, la jeune femme qui l'avait veillée, n'obtint d'elle rien d'autre chose que l'explication, d'ailleurs très plausible, donnée déjà.

Elle lui apprit qu'un pêcheur qui n'était pas de Soulac, mais dont la barque désemparée avait été projetée sur la plage, l'avait arrachée à la vague et l'avait rapportée à la « Vedette ».

— Ma pauvre chérie, quel hasard après une pareille catastrophe!... Il a fallu vraiment que tu te penches, pour tomber!... Jacques, tu le sais, devait rentrer à Paris, hier matin... Il est parti rassuré, mais pourtant bouleversé... Tu sais qu'il s'est résolu tout d'un coup à demander le poste de substitut à Hanoï. Je l'adore, j'irais avec lui au bout du monde... Bébé naîtra là-bas. Le pays est paraît-il admirable et le climat très sain... Ma belle-mère nous suivra. Elle nous aime comme ses filles... N'a-t-elle pas été la meilleure amie de notre pauvre maman?

Il y a à Hanoï une colonie très intéressante. Jacques te mariera.

— Je ne veux que personne se charge de me marier!

— Comme tu dis cela!... On attendra que tu aimes quelqu'un, naturellement... Jacques...

Violette coupa très net :

— Je n'irai pas à Hanoï.

J. ROUFF, ÉDITEUR. — 1926."

— Comment! quand on en a parlé pour la première fois, tu étais la plus enthousiaste.

— J'ai réfléchi...

— Et pourquoi?

— Parce que je veux terminer mes études et
faire mon droit...

— Ta marotte te reprend!

— Ma marotte, c'est, avec ma petite part du
peu de fortune que nous ont laissée nos parents,
la seule méthode qui me permette d'arriver à mon
but : me suffire à moi-même. Cette rente, je puis
la toucher directement, puisque je suis émanci-
pée... Notre grand-oncle qui reste mon tuteur et
qui ne demande qu'à ce qu'on le laisse en paix, au
fond de sa province, se fie complètement à ma
raison comme il me l'écrit chaque fois que je lui
demande conseil... Donc, Jeanne, je n'irai pas à
Hanoï...

— Mais, si tu n'y es pas, Violette, moitié de
mon bonheur s'envole.

— Non... N'est-il pas tout pour toi... ton mari...

— Tout... en laissant la place à mon autre
grande affection, qui est ma petite sœur...

— Et qui t'aime... qui t'aime plus que tu ne
peux le croire... plus que tu ne le croiras jamais...

Elle avait jeté ses bras au cou de sa sœur plus
âgée qu'elle de six ans et qui avait été pour elle,
une petite maman.

Celle-ci qui l'étreignait avec tendresse, sentait
battre contre son cœur, à coups violents, le cœur
de Violette.

— Qu'y a-t-il eu? interrogea-t-elle. Il s'est passé
quelque chose, quelque chose que tu me caches...

— Rien... oh! rien... sois heureuse... Ce qu'il y
a?... Je souffre de la séparation prochaine... et
pourtant... ma résolution est bien prise... Ce n'est
pas au Tonkin que je me ferai une situation... et
je veux être indépendante, ne rien devoir à personne... à personne!

Elle s'était dégagée, elle ne pleurait point, toute
blanche, avec de grands yeux bleus si sombres,
qu'ils semblaient noirs, fixés devant elle comme
s'ils voulaient sonder un avenir insondable.

Et la grande sœur, doucement, prononça :

— Tu restes, sous le coup de cet affreux accident, nerveuse, surexcitée... mon petit, tu changeras d'avis... Jacques te décidera... Nous parti-
rions très prochainement... En tout cas, nous
rentrons à Paris dans deux jours...

— Alors, je donne à notre vieil oncle, les quinze
jours de vacances qui me restent... et je rentre à
mon pensionnat de Neuilly, au commencement
d'octobre.

— Tu reviendras, je pense, quelques jours à la
maison?

Elle secoua négativement la tête.

— J'aurais trop de peine, à te quitter ensuite.

Elle eut un tremblement; l'énervement la reprenait.

— J'espère que tu changeras d'avis, répéta sa
sœur. Ah! ma pauvre petite, quelle peur tu m'as
faite, je te verrai toujours évanouie ou à peu près,
dans les bras de ce brave pêcheur, dont nous ne
savons même pas le nom... Quelle peur!... Enfin,
te voilà... Cette émotion ne m'a pas été funeste...

Cela pouvait être... De loin ou de près, ma Violette, tu seras la marraine de notre petit.

Quelques jours plus tard, la « Vedette » solitaire
entre les dunes était fermée.

Les six hôtes de passage, parisiens amenés
là par le hasard des villégiatures, n'y revien-
draient peut-être jamais...

..............................................................

Hanoï, le 1er janvier 1911.

« Ma chère petite sœur,

« D'abord, une très bonne année, les vœux les
meilleurs pour 1911, de nous tous, de Jacques, de
ma belle-mère, qui est toujours une mère pour
moi et qui, avec son expérience de la vie, s'affecte
vraiment de ta détermination, non pas de choisir
la carrière d'avocate, tu ne seras pas la première
femme au barreau de Paris, mais de te voir
quitter ta pension de Neuilly pour le quartier
Latin, alors même que tu habiterais là dans une
famille.

« Tu es trop jeune, dit-elle, elle ajoute : trop
jolie, ce qui ne peut que te flatter. Moi, qui connais ton caractère, je trouve que tu as raison, tu
seras tout près de la Sorbonne, tout près de
l'École de Droit; moins de fatigue, moins de perte
de temps.

« Pourtant, ma chérie, te savoir seule dans Paris, où tu me dis que, pour une certaine période,
tu as pris le parti de ne voir aucune de nos relations, ce qui te ferait perdre trop de temps, m'est
pénible.

« L'opinion de Jacques est la mienne. Il n'a
changé, mon Jacques... Est-ce le climat, plutôt
très tempéré, le pays d'une fertilité admirable,
les relations qui promettent d'être charmantes.
Évidemment, non... Je crois qu'il regrette la
France... Nous ne vieillirons pas ici.

« Toi, ne te tue pas à l'étude, tu exagères en ne
voyant plus personne; je croyais ma petite sœur
si pondérée...

« J'attends bébé pour la fin du mois. Tu es
toujours la marraine; la future grand'maman ne
fera que te représenter, elle te cède la place de
grand cœur.

« Je n'arriverais pas pour le courrier, si je
t'écrivais plus longuement aujourd'hui; je te répète seulement ce que je t'ai déjà dit : la vie ici
est idéale, si tu y étais il ne manquerait rien à
mon bonheur, mais tu y viendras, et qui sait si
tu ne choisiras pas Hanoï pour les débuts d'avocate.

« Je t'embrasse bien tendrement, nous t'embras-
sons tous trois; mère t'écrira par le prochain bateau; dis-moi tout, de toi, ma chérie.

« C'est décidé, si bébé est une fille, on l'appellera
comme toi : Violette.

« Ta grande sœur,

« JEANNE. »

# PREMIÈRE PARTIE

### LES DEUX MÈRES

Un lit minuscule, près de chacun des lits où la mère demeurera neuf jours, au moins, davantage s'il y a des complications, où, aussi, elle pourra mourir, laissant parfois, hélas! seul, tout seul, le petit, si petit, dans le monde si grand.

Dans la longue salle d'hôpital les infirmières manient les embryons d'êtres en qui se perpétue la grande semence humaine.

Les mains agiles passent de la toilette au pèse-bébé, du pèse-bébé à l'emmaillotement, de l'emmaillotement au sein maternel, le frêle corps jeté dans le tourbillon où il aura sa place, marqué de l'inéluctable décision du Destin.

Des visages défaits, avec encore la crispation de la torture subie, qu'un sourire détend ou qu'une inquiétude tourmente, se penchent sur les étroites couchettes. D'autres restent impassibles, parfois l'un d'eux se détourne, indifférent... hostile. La médaille de l'Assistance publique pendra bientôt au cou de l'oiselet sans nid.

Au fond, tout au fond de la salle, l'une près de l'autre et entre leurs lits se touchant presque, les tout petits lits — deux filles-mères, l'une extrêmement blonde, avec des yeux de pervenche foncée, des cils et des sourcils bien marqués, un visage si jeune qu'il ressemble à un visage d'enfant; l'autre, de deux ou trois ans plus âgée, aussi brune que sa voisine est blonde, vigoureuse avec des prunelles résolues, la bouche violente, le teint reprenant rapidement sa coloration.

Des larmes perlaient souvent entre les cils qui formaient ombre sur les joues blanches. Des prunelles de braise, jaillissait fréquemment une flamme.

La bouche de la blonde restait hermétique; personne ne saurait le secret d'une naissance qui cachait peut-être un drame.

La brune n'avait qu'une phrase :

— Si ma fille vit, je vous assure qu'il m'épousera!

Cela disait tout; cela ne disait rien.

Nul ne connaîtrait non plus l'origine de cette seconde naissance, clandestine comme tant d'autres dans le refuge anonyme, qui s'appelle la « Maternité » de Paris.

C'est une fille aussi, le bébé de la blonde.

Et, toutes deux sont si fragiles que leur souffle semble toujours prêt à s'éteindre, victimes avant de naître de la faute qu'on cache; le cœur trop faible pour atteindre aux battements essentiels...

Pendant que l'une découvrait le sein gonflé que sa fille n'avait pas la force de prendre, la blonde

ne pouvait présenter qu'une mamelle stérile, de laquelle son enfant ne tirait rien.

Pour celle-là c'était le biberon ou la nourrice.

On allait y parer.

Les deux voisines ne s'étaient point encore parlé; elles n'adressaient, du reste, la parole à personne l'une et l'autre dominées par le même tourment.

A une interrogation, à une marque d'intérêt, la « petite blonde » répondait d'une voix triste et douce; la « grande brune » d'un ton décidé, comme lorsqu'elle lançait sa menace : « il faudra bien qu'il m'épouse! »

Puis, chacune retombait dans son mutisme.

En face d'elles, une jeune femme, dont le logis étroit de blanchisseuse ne présentait guère d'aisance pour la réception d'un premier-né, vient d'avoir un beau garçon; elle est heureuse.

Une porteuse de pain qui « en était à son cinquième » se demandait, avec un mari pas toujours commode, comment elle élèverait celui-là.

La nuit vient, le silence relatif des salles d'hôpital, avec ici, d'aigres cris, des vagissements, le va-et-vient des femmes de service, aux heures des tétées, leur surveillance autour des couveuses, ces boîtes de verre où s'achèvent les gestations interrompues.

Par-dessus les lits étroits qui voisinent de si près entre les leurs les deux mères, la blonde et la brune, se parlent très bas, pour la première fois, depuis que le hasard, après la grande épreuve, les a mises côte à côte, tout au fond de la salle.

Le surlendemain, elles doivent sortir chacune emportant sa fille, à moins qu'au dernier moment, la blonde ne déclare qu'elle l'abandonne.

La blonde retient un sanglot qui dit toute sa détresse... Elle ne peut rien raconter, personne ne doit rien savoir, elle a échoué à la « Maternité », se demandant où aller, sa grossesse cachée jusqu'au dernier moment... Elle avait pensé à mourir, elle n'a pas eu le courage... Quinze jours seulement d'absence... jamais on n'apprendra rien... mais l'enfant... qui n'a que le souffle... à qui il faudrait une bonne nourrice...

— La mienne aussi, n'a que le souffle, répond la brune, dans le même imperceptible murmure. Ce n'est pas le lait qui me manque, elle n'a pas la force de tirer... ils appellent ça une insuffisance du cœur...

Dans l'obscurité presque complète du bout de la salle, les prunelles de braise lancent leur flamme.

— Je veux qu'elle vive... moi je l'aime et je n'aurai pas peur de la montrer... Et serait-ce dans dix ans, « lui », je le retrouverai... le misérable, qui m'a poursuivie, qui m'a détournée et qui n'a plus reparu, sans un mot, sans rien... Mon père est mort il y a quatre mois, ma mère reste avec trois garçons... pauvre femme! Elle ne m'abandonne pas, vous l'avez vue, elle est venue deux fois... On l'élèvera la petite, je ne boude pas devant l'ouvrage... Je l'aimais, « lui », et puis, je la veux ma vengeance... n'ayez pas peur, je l'aurai!

Tout cela était débité du même ton bas, en dedans, qui donnait le sens des paroles, sans les amener toutes, aux oreilles de celle qui écoutait.

En face d'elles la porteuse de pain, toujours agitée, les jambes malades, se mit sur son séant.

Le murmure s'évanouit.

Nulle perturbation dans les lits environnants.

La porteuse, après s'être penchée sur « son cinquième », essayait de s'endormir.

La grande brune palpa, dans la manche d'une brassière, une menotte glacée.

— Mon Dieu! elle est gelée.

Elle enleva le bébé, qu'elle plaça tout contre elle, sous la couverture et demanda :

— Alors, qu'est-ce que vous en ferez de la vôtre?

Et ce fut le même sanglot étouffé.

— Il faut pourtant vous décider... Si le bon Dieu la reprenait, il ne sait pas le bien qu'il lui ferait, comme à la mienne... C'est ça quelquefois que je pense... Pour ce qui les attend... pas de père, la débine comme leurs parents... Vous ne trouvez pas?

— Oui.

— Vous avez donné votre vrai nom ici?

Un tremblement nerveux passa sur la jeune accouchée.

— Non.

— Moi non plus... pour qu'on n'aille pas embêter maman, si je ne pouvais pas payer un jour... parce que vous savez, on fait payer quelque chose à celles qui peuvent. Quand ça ne serait que pour la lui jeter dans les jambes, je voudrais qu'elle vive, ma fille. Je le retrouverai, je vous le dis.

La surveillante de nuit passait à l'autre extrémité de la salle; elle s'avança lentement entre les lits, sans aller jusqu'à l'extrémité de la grande salle, voyant tout au calme.

Lorsque la brune voulut reprendre la conversation, la blonde avait fermé les yeux.

— Vous allez dormir?

— Je crois... Je suis si lasse...

— Parbleu! à pleurer la moitié des jours et des nuits. Ce n'est pas ça qui vous avancera.

Le bruit léger d'une respiration lui apprit que sa voisine trouvait enfin le sommeil.

Elle pensa :

« Pauvre gosse! oui, il te ferait une belle grâce et à elle aussi le bon Dieu, s'il te la reprenait... »

L'ENFANT VOLÉ

LA grande brune faillit laisser échapper un cri. Elle l'étouffa dans sa couverture.

Son bras qui serrait contre sa poitrine le frêle corps emmailloté, se distendait, la toute mignonne main reprise dans la sienne était si froide qu'elle chercha si la figure aussi était glacée.

Elle l'approcha de sa figure; sa bouche toucha la bouche mince, tendant d'y insuffler sa vie, la vie qu'elle avait donnée et qui se retirait...

Elle sentit une contraction, si faible, que ce fut à peine une sensation instinctive, passer dans les langes. La créature qui était enfant, n'était entrée dans le monde que pour en sortir.

Sa chair déchirée se révolta.

Qu'on le sauve mon enfant!

Mais le cri s'arrêta encore dans sa gorge.

La pauvre tête froide, roulait sur la poitrine maternelle, le cœur imperceptible s'était arrêté.

Quelques minutes, de longues minutes, elle la garda, sa fille.

Là-bas, en face, la porteuse de pain avait encore bougé.

Une poussée de sang qui mit un nuage devant ses yeux, monta au visage de la grande brune.

Ce ne fut plus que son ressentiment, sa vengeance, qui parla.

Elle ne pourrait pas lui jeter un jour « sa fille dans les jambes », à « lui ».

Elle se coula hors du lit, penchée jusqu'à la couche où l'autre enfant respirait.

Le saisir par le maillot, mettre le sien à sa place, et se recoucher... Ce fut aussi rapide que la pensée.

En face, la porteuse de pain, le buste dressé, le regardait à demi-éveillée, sans comprendre. Pas un mot, d'un côté ni de l'autre.

La porteuse de pain s'était encore retournée.

Et de nouveau, dans ce bout de la salle, le calme, l'immobilité.

Il était quatre heures du matin.

Une heure plus tard, l'infirmière allait passer.

— Eh! il paraît que vous dormiez, dit-elle à la brune.

— Et comment... C'est pour la tétée?...

— Oui...

— Le lait me gêne... si elle voulait tirer...

— Si elle commence ça ira tout seul; vous avez de quoi la nourrir...

— Et elle prendrait le dessus?

— Pourquoi pas!

L'enfant cherchait sur la mamelle tendue.

L'infirmière maintint la tête au bon endroit, la mièvre bouche, en suçon, aspira et la fille-mère jeta une exclamation qui se fondit dans une sorte de sanglot.

— Quoi, qu'est-ce qui vous prend?... Prenez garde, vous allez la déranger...

— C'est la joie... je ne croyais pas... qu'elle y arriverait...

— Allons, tenez-vous bien tranquille, je repasserai.

Dans le dernier lit, la jolie blonde dormait toujours.

— Et vous, ma petite, aurez-vous plus de lait, ce matin?

Mal réveillée, elle se mit machinalement à se découvrir la poitrine.

— Tétera-t-elle, la vôtre, reprit la garde.

Elle ajouta en soulevant l'autre petit corps emmailloté :

— Si seulement elle voulait du biberon.

Puis elle poussa une exclamation.

— Ah! mon Dieu!... Vous ne vous êtes aperçue de rien?

— De quoi?

— Elle est froide... Allez, elle est bien heureuse, ça fait un petit ange de plus.

Le visage glacé avait effleuré le sein de la mère.

La petite blonde s'évanouit.

..............................................................

Elle eut la fièvre, la petite blonde, elle eut le délire; des incohérences; elle parlait d'un chalet, de la mer, du Tonkin.

Huit jours, transportée dans une autre salle, elle demeura encore à la Maternité.

Elle refusa d'aller en convalescence au Vésinet; elle sortit de l'hôpital, en même temps que la porteuse de pain, qui lui parla de la grande brune.

— Il y a cinq jours qu'elle est partie. Sa fille a augmenté à toutes les pesées; je l'ai vue démaillotée... En voilà une gosse qu'on ne pourra pas changer en nourrice avec son signe!

Les deux femmes, l'une son garçon dans les bras, les épaules épaisses, la poitrine lourde, l'autre mince, fine, avec sa figure enfantine marquée d'un sceau grave, ses soyeux cheveux blonds emprisonnés sous une toque noire, tout de noir habillée, les bras vides, s'étaient assises, dans un même besoin de respirer avant de retomber dans la grande fournaise, qu'est Paris, sur un banc du boulevard de Port-Royal.

La dernière, considérait interrogativement la première qui continua :

— Même que l'infirmière m'a dit une fois :

— Il me semblait que c'était l'enfant de la blonde qui avait ça... mais dans tant de gosses, j'ai pu me tromper.

— Qu'est-ce que c'était ce signe?

— Quatre marques qui formaient une croix, des marques comme des grains de beauté derrière une épaule. C'est drôle... et visible déjà, vous savez... Mais, quoi, est-ce que vous allez tourner de l'œil, ma petite... comme dans votre lit, l'autre jour... Ah! allez, elle bien heureuse là votre fille, bien heureuse!... Dites, qu'est-ce qui l'aurait attendu dans la vie... Je ne vous demande pas vos affaires, sûrement c'est une catastrophe que vous avez eue... Vous n'êtes pas de notre monde... personne n'est venue vous voir... Il fallait vous cacher, hein?... La « Maternité », c'est encore ce qu'il y a de mieux... Et des beaux yeux bleus, sa fille... je croyais qu'elle avait des yeux noirs comme elle... par exemple des cheveux blonds... la vôtre aussi... comme le mien... S'il n'y avait pas les sexes — elle tourna la tête vers les grands bâtiments hospitaliers — en en confondrait la moitié, là-dedans... qu'est-ce que je vous dis, plus de la moitié!... Hein! voyons donc, vous ne tournez pas de l'œil?

— Non... un étourdissement... ça se dissipe.

— Je vous ai fait penser à la vôtre, je n'aurais pas dû... Vous l'aimiez, pardié! Faut être un monstre de nature, pour ne pas aimer ça... et il n'y en a que de trop, dans ces établissements-là... puis, il y a celles qui ne peuvent pas les élever... si encore on les secourait suffisamment, il n'y aurait pas tant d'abandonnés... Vous êtes encore toute blanche...

— Ça va mieux...

— Vous vous en doutiez bien qu'elle ne vivrait pas... Et si la sienne à la grande brune ne s'était pas décidée à prendre le sein, elle aurait fait comme la vôtre... La grande brune a bien dû se douter cette nuit-là que la vôtre était à la fin... elle me l'a dit du reste... Elle s'est même levée, elle remettait la sienne dans son berceau et elle tâtait la vôtre... vous veniez de vous endormir... elle vivait à ce moment-là... Allons, voilà que vous redevenez comme un cierge... Si on rentrait à l'Hôpital.

— Mais non... mais non... voilà mon tramway...

— Je ne vous demande pas votre nom... du reste on peut donner le nom qu'on veut... Mais si on se revoyait un jour... est-ce qu'on sait dans la vie... Je m'appelle madame Faucheux. Qu'est-ce qu'il y a derrière vous, pauvre petite?... je vous plains... Allons, dites-moi, je ne le répéterai pas... Vous savez bien que c'est la sienne qu'elle a mise à la place de la vôtre.

*Elle se coula hors du lit, penchée jusqu'à la couche où l'autre enfant respirait (p. 4).*

Elles prirent chacune en sens contraire, le long véhicule qui les emporta.

« Madame Faucheux » grommela, à peine le tramway remis en marche.

— Faut-il être bête, je lui donne mon nom sans adresse.

## TROIS ANS PLUS TARD

### UN MARIAGE RICHE

Le porche de l'église Saint-Honoré-d'Eylau, orné de la tenture de gala, montre par son portail grand'ouvert le chœur illuminé et garni de fleurs.

La nef est pleine d'invités, dehors les curieux font la haie.

Autos et voitures de maîtres, ont tourné les voies adjacentes ou stationnent devant l'église.

Une voiture s'éloigne emportant des mariés.

Du tramway qui s'arrête place Victor-Hugo, deux femmes descendent, l'une de quarante et quelques années, l'autre n'ayant pas plus de vingt-deux ou vingt-trois ans, la première une figure honnête de travailleuse, toute bouleversée, est mise simplement, la seconde, grande, brune, jolie, a cette coquetterie de la parisienne qui ferait de l'ouvrière, avec peu de chose en plus, l'égale de la femme élégante.

Sa prunelle est dure, très noire.

Elle pose à terre un enfant qu'elle tient dans les bras une fillette qui peut avoir trois ans, la tête bouclée, d'un brun d'or, une miniature de figure, éclairée de deux grands yeux bleus, profonds comme le bleu du ciel ensoleillé que ne trouble pas un nuage.

Elle met dans son petit bras, un bouquet de soucis et de lilas blanc.

Elle recommande, tournée vers l'Eglise.

— Tiens bien, Nénette, tu le donneras à la mariée.

— Allons, en voilà assez, fait la femme qui l'accompagne, dont le visage soucieux s'apeure; je suis capable de tomber là, si tu fais du scandale.

— Tu tomberas là... Il ne fallait pas me suivre... tu n'empêcheras rien, ma pauvre mère.

Le tramway repartait, elle allait mettre le pied sur la chaussée; un croisement d'autos, la retint sur le trottoir bordant le rond-point qui entoure de verdure la statue de Victor-Hugo.

Une seconde fois, elle voulut descendre; elle n'eut que le temps de se rejeter en arrière, un taxi la frôlait.

La femme essaya de lui enlever l'enfant.

— Fais-toi écraser, si tu y tiens, mais donne-moi cette innocente.

— Assez, maman, tu ferais tourner les choses au plus mal...

Et son regard s'enflammant davantage :

— Tu ne crois pas que je vais être seule à élever la gosse!...

— Et moi, tu ne me comptes pas?

— Tu n'as peut-être pas assez de tes derniers loupiots.

— Un de plus ou de moins... je l'aime plus que toi, cette petite...

Un rire sec, nerveux :

— C'est que tu ne sais pas tout... Maintenant, hein! tiens-toi tranquille.

Elle conclut un geste définitif de la tête vers sa mère.

— Si tu trouves que je n'ai pas assez attendu... depuis trois ans que je cherche... Et hier, dans le journal, aux annonces des mariages... ses noms, prénoms et qualité... lui qui se faisait passer pour un petit employé... Juste le temps de confectionner mon bouquet à la mariée, du blanc pour sa virginité, du jaune pour ce que son mari lui en a déjà fait porter...

— Allons, hop! Nénette, viens donner les fleurs à la dame.

Elle entraînait la petite entre les voitures.

Lorsque la mère put traverser, elles étaient déjà parmi les spectateurs que la jeune femme bousculait pour atteindre le premier rang.

— Il faut que je passe, j'ai une commission à faire.

— Fallait la faire avant, votre commission.

— En voilà une qui a du toupet.

— Non, mais vrai, vous n'avez pas fini de pousser?

— Laissez-moi, je vous dis que ça urge...

Et elle demande :

— Les mariés vont-ils seulement entrer?

Quelqu'un de complaisant et qu'elle n'a pas bousculé, répond :

— Il y en a qui sont partis, mais pour d'autres la cérémonie est déjà commencée... Il y a eu deux mariages coup sur coup.

— Deux mariages coup sur coup... Vous ne savez pas les noms?

Personne ne savait les noms; on n'était pas de la noce.

— Les premiers mariés sont partis?

— Oui...

— Regardez dans l'église, vous verrez bien que les autres sont là.

Elle voulut s'avancer encore.

Un agent lui barra le chemin.

— Vous n'êtes pas des invités?

Comme elle ne répondait pas, il ordonna :

— Restez là, les curieux ne vont pas plus loin.

Par-dessus les deux rangées de spectateurs qui les séparaient, elle jeta à sa mère toujours bouleversée

— Il ne manquerait plus que j'arrive trop tard!

Plus surexcitée à la pensée de son expédition manquée, elle continua à s'informer.

Quelqu'un avait-il vu le marié... le second marié.

La personne qui l'avait déjà renseignée répondit :

— Un grand brun mince, l'air très distingué... et la mariée, une blonde, très blonde.

— Un grand brun mince, répéta-t-elle à mi-voix, un grand brun mince... oui, très distingué...

On la regardait.

On chuchotait.

Puis, comme elle se tenait tranquille, on ne fit plus attention à elle.

Elle arriva sans que l'on protestât, à se rapprocher un peu du portail.

Plusieurs voix exclamèrent :

— Les voilà... les voilà!

Ils paraissaient, presque lointains dans le fond de lumière, flammèches d'or des cierges, mobiles comme des étoiles, enveloppés des accords triomphants des orgues, du parfum des fleurs et de l'encens.

Ils arrivèrent sous le portail, ouvrant la marche du cortège. Lui, élancé, des cheveux noirs, extrêmement distingué, elle, fine, bien prise dans la blancheur flou de ses dentelles, d'une blondeur pâle, presque argentée sous son voile de point d'Angleterre.

Si quelques personnes étaient intriguées par l'allure, les propos et la pâleur tragique de cette jolie brune, tenant un enfant par la main, lequel serrait, très fort, dans son bras potelé, un bouquet de lilas blanc où ressortaient des soucis d'un jaune violent, l'attention des autres se portait sur les deux époux.

Un des agents chargés du service en faisant élargir la double haie des curieux, procura un passage à la femme plus âgée demeurée jusqualors en arrière.

Elle atteignit celle-ci, lui saisit le bras au moment où elle s'élançait.

— Yvonne, je t'en prie.

— Ah! lâche-moi... je te dis que tu amèneras du mauvais.

Dégagée d'un coup sec, traînant la fillette qui résistait, sans doute étourdie du spectacle, Yvonne atteignait le tapis rouge qui montait sous la tente, jusqu'à l'entrée de l'église.

Un ouvrier serrurier, arrêté en passant, sa sacoche d'outils au dos, flairant « quelque chose », comme plus d'un à ce moment-là, essaya de goguenarder :

— Ce n'est pas pour la mariée, ces fleurs-là?

— Si, c'est pour la mariée et la gosse avec! fit la jeune femme d'une voix éclatante...

La gosse, elle la soulevait le plus haut possible.

Les mariés s'étaient arrêtés.

Une rumeur, parmi la foule, des bravos, un coup de sifflet; la secousse d'émotion dans cette manifestation traditionnelle de certains drames d'amour : la maîtresse abandonnée apportant son enfant à la rivale légitime.

L'agent qui déjà lui barrait le chemin, s'élançait, prenant au bras la délaissée qui résista pendant qu'il disait :

— Pas de scandale sur la voie publique, je serais forcé de vous conduire au poste.

Des protestations à droite et à gauche, un autre coup de sifflet.

Le rôle du gardien de la paix publique, n'est pas en ces circonstances-là, des plus faciles.

## « CE N'EST PAS LUI »

Vous n'empêcherez pas ma fille d'aller porter son bouquet, cria la jeune femme.

Et elle poussait la petite, remise à terre... Mais ce fut pour lui reprendre aussitôt la main, la ramener à elle, haletante, comme hypnotisée...

Les regards s'attiraient... Celui du marié empreint surtout de surprise, celui de la blonde épousée, très bleu entre des cils presque foncés, se voilant au premier choc.

L'agent profitant de cette seconde d'hésitation, repoussait vers les assistants, la perturbatrice qui ne résistait plus et que sa mère entraîna.

— Ce n'est pas lui, murmura-t-elle... j'arrive trop tard... Ah! malheur!

— Viens, tant mieux si ce n'est pas lui, viens...

Yvonne se retourna soudain.

— Mais..., mais, c'est « elle... », je te dis que c'est « elle ». Eh bien, je vais lui rendre sa fille!

Elle se dégagea de nouveau, voulut rétrograder.

La haie s'était refermée, plus serrée, et l'agent était là.

Brusquement, portant maintenant la petite, toute pâle et qui pleurait, elle retourna vers l'église.

La mère se jeta sur ses pas.

Autos et voitures de maîtres évoluaient, prenant la file.

La mère haletait.

— Je t'en supplie, Yvonne... tu vas nous faire écraser... On l'élèvera sans lui, Nénette..., les gamins et moi, on en est bête... à faire ses volontés...

— C'est à « elle », ce n'est pas à moi..., c'est à « elle », c'est à la mariée cette petite, je te dis que ce n'est pas à moi.

Ce furent les derniers mots auxquels elle ne devait rien comprendre, qui entrèrent dans les oreilles de la pauvre femme.

Les mariés en approchant du coupé tapissé de lis et de roses blanches, la revirent avec l'enfant, séparés par le cordon des curieux, qu'elle ne pouvait plus franchir.

Nouvelle rumeur parmi la foule.

— La mariée qui se trouve mal!

— Il y a de quoi!

— Elle est bien jolie...

— Pigez-moi la tête du marié.

— Très chic!

— Tout de même, il n'est pas à la noce.

— Si l'on peut s'exprimer ainsi...

Une éclaircie, à quelques pas, attira la grande fille brune qui se rejeta en arrière, puis courut de ce côté vers l'avenue Malakoff.

Une limousine tournait.

Un taxi, en sens inverse arriva, le chauffeur n'évita le choc, qu'avec un coup de volant qui fit dévier son véhicule, lequel projeta de côté une femme portant un enfant. L'enfant fut lancé à dix pas; la tête de la femme heurta le trottoir.

Un grand cri, suivi d'autres cris, des gens se détournant, des gens accourant...

Un homme, le serrurier qui goguenardait, dix minutes plus tôt ramassait la petite fille, contre un tas de sable servant à la réfection de la chaussée, l'agent suivi de son collègue accourait, pour dresser procès-verbal; tandis que ce dernier, aidé d'un homme de bonne volonté, emportait chez le pharmacien de l'autre côté de la place, la jeune femme dont le sang coulait, derrière la tête.

Fracture du crâne; on la transportait à l'hôpital Beaujon, tandis qu'on ranimait l'enfant.

Presque instantanément, le tragique incident était oublié.

On affichait au bureau de poste à l'angle de la rue Copernic, face à la statue de Victor Hugo, l'ordre de mobilisation.

C'était au dernier jour de juillet 1914.

．．．．．．．．．．．．．．．．．．．．．．．．．．．．．．．．．．．．．．．．．．．．

．．．．．．．．．．．．．．．．．．．．．．．．．．．．．．．．．．．．．．．．．．．．

## BERCEAUX VIDES

SUR le monde a passé le cataclysme qui s'appellera, dans l'Histoire : la Grande Guerre; sur l'Armistice, cinq années.

C'est à présent la bataille, et la bataille sera longue pour le Droit aux compensations à des désastres que rien ne compensera; la lutte pour la reconstitution économique du pays.

Le Progrès a des bonds de géant.

Le ciel nous transmet par ondes, jusqu'au coin du feu, jusque dans notre lit, les sonorités puissantes de la musique, la forme impeccable et vibrante de la parole; les quatre points les plus distants du globe correspondent instantanément; l'écran nous garde le geste et l'image du disparu, jusqu'à ce qu'il nous fasse, comme le phonographe, entendre sa voix.

En attendant que la chimie de guerre ait repris ses droits, et que surgisse le canon plus fort que la « Bertha », on se tuera de plus en plus en automobile; nos admirables héros de l'air continueront à se briser les ailes; toutes les équipes de football, de tennis, courses à pied, sports athlétiques, rivaliseront d'ardeur, d'endurance; poids lourds, demi-lourds, poids coqs, poids plumes, recueilleront les lauriers et la forte somme.

Le sport fortifie la race.

Et l'on chante et l'on rit ; l'élégance atteint son apogée, les dancings regorgent.

C'est la ruée au plaisir. Oui, mais avec une exactitude mathématique, la natalité décroît.

Dans vingt ans, si l'agression se reproduit, la France qui sauva l'univers, périra plutôt que de se rendre.

Son grand cri s'étouffe.

C'est la défaite des berceaux.

Et les « Œuvres » surgissent qui tentent d'encourager la maternité; des bras se tendent vers les mères futures, il y a des petits lits qui attendent.

Au « Foyer de l'Enfant » la puériculture est admirablement organisée.

Dirigée par un homme éminent, un grand homme de bien qui consacre sa vie au sauvetage de la jeunesse coupable et irresponsable, cette pouponnière sous le contrôle actif des femmes les plus dévouées, avec un conseil médical, présente toutes les ressources de l'hygiène nécessaire au premier âge.

Accueillir ceux qui arrivent, faire robustes ceux qui sont là, amener à l'honnêteté ceux qui déjà ont frôlé le vice, tel est le but de cette Association.

C'est l'hiver, Noël dans quelques jours.

Une vaste remise, faisant partie des anciens communs, est devenue l'étable, où l'on installe une crèche. C'est là que la vache laitière, nourrice de l'établissement, et l'âne qui sert à amener les provisions des marchés environnants, vont donner l'illusion que vivent le Jésus de cire modelé au naturel, la vierge, Joseph le charpentier et les Rois Mages, personnages fictifs, simples ou somptueux, les uns veillant sur l'enfant humble devant lequel s'agenouillent les puissances terrestres.

Un sapin énorme, au milieu de la pièce qui fut le réfectoire du couvent, s'enguirlande déjà d'objets de toutes sortes, de jouets, tandis que s'empilent sur les longues tables poussées au mur les vêtements, les coiffures, les chaussures, les layettes à distribuer et tous les objets d'une vente de charité.

Une tombola clôturera la matinée pour laquelle de nombreuses cartes ont été lancées.

Les entrées sont chères; et la bourse de velours bleu posée sur la paille près de l'Enfant Rédempteur du monde, les deux troncs placés de chaque côté de la porte de l'étable, accroîtront une recette que l'Œuvre escompte superbe.

Pas mal d'allées et venues, cet après-midi, au « Foyer », où les dons arrivent toujours.

La vice-présidente reconduit une visiteuse qui vient de s'inscrire comme membre actif. Cette nouvelle adepte est une grande jeune femme, aux cheveux violemment teintés de henné, aux yeux très noirs, fardée de ce fard brun, avec rougeur des pommettes, maquillage outrancier, très en vogue pendant la fin de la période de guerre et qui, peu à peu, disparaît pour céder le pas au fard blanc et rose d'antan.

La visiteuse a déclaré :

— J'ai besoin d'occuper ma vie; je m'intéresse à l'enfance; j'ai entendu parler de votre Œuvre; je désire y participer de ma personne et de mon argent.

Toute aide qui se montrait, dès l'abord, aussi efficace, devait être accueillie; une riche limousine l'attendait à la porte; l'inconnue reviendrait avec des jouets pour l'arbre de Noël.

Comme on parlait devant elle du « Tribunal

d'enfants », elle demanda si elle pourrait assister à une séance. On lui répondit qu'il y en avait une, le lendemain, à deux heures.

Cette audience durerait au moins jusqu'à sept heures. Elle n'avait qu'à se présenter en demandant la déléguée de l'Œuvre, qui serait avertie.

Dans le fond de la limousine où remonta la jeune femme, un vieillard très enveloppé dans la fourrure d'une couverture, somnolait à demi.

### MÈRE INCONSOLABLE

LA voiture démarrait à peine, qu'une autre jeune femme quittait elle aussi dans une limousine, l'ancien couvent de la rue de Vaugirard.

Celle-ci en deuil, très blonde, très fine, appartenait au barreau de Paris. Membre du Comité du « Foyer de l'Enfant », elle se consacrait spécialement, du reste, comme avocate, aux enfants et aux femmes.

Elle descendit devant un grand immeuble moderne de la rue de Chazelles, près du parc Monceau, longea le haut vestibule aux colonnes de marbre, conduisant à un escalier luxueux, au bas duquel elle prit l'ascenseur.

Elle s'arrêta au troisième étage et demanda au domestique, qui vint lui ouvrir :

— Monsieur est rentré du Palais?

— Au moins depuis une heure, madame... Madame a eu l'auto?

— Oui; personne dans son cabinet?

— Pas encore.

A l'extrémité de la galerie, elle poussa une porte sur laquelle, à l'intérieur, tombait une lourde draperie.

Maître François Chanteleau compulsait, assis à son bureau, divers papiers.

— Rien n'est venu pour moi, François? interrogea-t-elle.

— Si... Il paraît que tu vas remplacer, au pied-levé, demain, ta collègue Siraud malade de la grippe.

— A-t-elle envoyé le dossier?

Il posa une main sur un carton, à sa droite.

— Le voilà.

— Tu n'y as pas jeté un coup d'œil?

— Tu sais bien que je te laisse toujours la primeur de tes affaires... comme tu me laisses celle des miennes.

— Tu sais bien, toi, que tu pourrais, le cas échéant...

— Toi aussi... Pourtant, j'estime que la première impression ne doit pas venir de celui qui n'est pas chargé de la défense.

— Nous sommes du même avis, mais encore de celui-ci, qu'un examen anticipé, de ta part et de la mienne, ne peut influencer l'un ou l'autre, s'il le garde par devers lui, même s'il ne le garde pas.

Elle arrivait près du bureau et, son chapeau enlevé, posait sa main dégantée sur la « chemise », ne contenant que quelques feuillets, pendant que son mari, passant un bras autour de sa taille, l'attirait vers lui.

Elle s'inclina, mit sa tête sur son épaule.

Il pencha la sienne, leurs lèvres se joignirent doucement, tandis qu'en leurs yeux passait, atténuée par une tristesse soudaine, cette flamme d'un amour qui, chez certains, subsistera en dépit de tout ce qui pourra l'atteindre.

Dans un petit cadre Louis XV, monté sur chevalet et formant un double médaillon, deux miniatures d'enfants, au milieu du bureau, près de l'écritoire, attiraient leurs regards.

L'une était celle d'un poupon de quelques mois, sa mèche naissante au milieu du front; l'autre représentait une fillette de quelques années, blonde comme la mère, avec les yeux noirs du père.

— Nos petits, murmura la jeune femme, dont la gorge se déchira.

Il ramena son visage contre le sien, et, cette fois, lui baisa les yeux.

— Nos deux anges, murmura-t-il; ils ne connaîtront rien de ce qui fait souffrir... ils ne sauront pas ce que c'est que...

Elle acheva, donnant libre cours aux sanglots qu'elle voulait contenir :

— ...que perdre ses enfants...

— Ma chérie... ma chérie... tu m'avais tant promis..

— De ne plus pleurer... de ne plus crier... Non, ces promesses-là, une mère ne peut pas les tenir.

— Eh bien, cachons-les, ces pauvres chers petits portraits... ne les sortons comme on sort un trésor, que lorsque nous nous sentirons la force de les contempler... quand le temps aura adouci...

— Le temps ne pourra adoucir...

— Nous sommes jeunes encore tous les deux...

— Tais-toi... nous ne conserverons pas d'enfants...

Presque violemment, elle se dégageait de la tendre étreinte; dans son visage soudain glacé, les yeux devenaient fixes sous les sourcils rapprochés, elle passa les mains sur son front et répéta :

— Nous ne garderons pas d'enfants...

Puis elle appuya les paumes sur ses tempes, comme si une douleur térébrante les traversait.

Son mari n'eut que le temps de se précipiter. Elle chancelait.

A cet instant, en même temps presque que résonnaient trois coups frappés rapidement, la porte s'ouvrait. Une voix plutôt forte prononçait :

— Pas de client? j'entre tout de go... toujours pressé.

Grand, large d'épaules, un homme, le docteur Jean Karel, pénétrait dans le cabinet de l'avocat.

— Ah! pardon... irruption intempestive... Mais... je m'aperçois que j'arrive bien... Une défaillance, encore :

Déjà la jeune femme réagissait, elle reconnaissait le visiteur.

— Ce n'est rien, docteur, nous avons parlé de nos petits.

— Parlez-en le moins possible, mes pauvres amis et... n'ayez pas toujours sous les yeux, ces miniatures trop parfaites qui vous les rappellent.

Il tournait les yeux vers le bureau, où les enfants, dans le même cadre, semblaient une évocation prête à se réaliser.

Elle eut une révolte aussitôt suivie d'une crise de larmes.

— Oui, vous, les hommes, vous êtes ainsi... vous faites l'oubli... Mais nous, même quand ils sont disparus, il faut que nous « les sentions autour de nous »... « leur » image... « leurs » jouets, les petites robes, le dernier soulier qui a pris la forme du pied potelé... Ah! j'en appelle... à toutes les mères qui ont vu, près du petit lit, un petit cercueil.

Effondrée dans un fauteuil, la tête sur le dossier, elle les laissait déborder, ces pleurs qui la sauvegardaient des crises terribles du dernier deuil, celui de la fillette aux cheveux bouclés.

Elle parlait encore par mots entrecoupés :

— Un fils... un bébé superbe... la méningite... et puis... notre adorable petite Françoise... la méningite... Ah! inutiles les consolations et inutile aussi de nous dire : vous êtes jeunes!... nous pourrons en avoir d'autres, ils mourront... nous n'élèverons pas un enfant.

Le médecin reprit :

— François, pendant quatre ans, ou à peu près dans la tranchée est sorti de la guerre, très surmené. Vous, finissant votre droit, tout en consacrant la moitié de votre temps aux ambulances, surexcitée, angoissée, attendant, tandis que zeppelins, puis gothas survolaient Paris, les nouvelles du front, les nouvelles de votre mari... vous avez subi la crise d'anémie qui laisse au système nerveux le champ libre... vos petits en ont été les victimes... Parents fatigués... enfants délicats.

Elle secoua sa tête blonde, répétant, fatidique :

— Nous ne conserverons pas d'enfants.

Elle se leva pour marcher vers la porte de gauche, qui donnait sur son cabinet à elle, porte qu'elle referma, pour aller s'effondrer à genoux, devant son bureau d'avocate, ou près de l'écritoire, comme sur celui de son mari, un cadre Louis XV renfermait dans deux médaillons, les miniatures de son fils et de sa fille : François le premier-né, mort à quinze mois, Françoise à trois ans; il n'y avait pas une année.

— Mes petits... mes petits enfants...

Ils la regardaient tous les deux, agrandis à ses yeux, revenus à la vie; elle baisa longuement, follement les deux portraits.

— Jamais plus, mes petits; jamais plus... jamais!

Puis serrant les chères images sur son cœur bondissant :

— Mon fils commençait à marcher... ma chérie courait partout... elle grimpait là, sur mon fauteuil, prenait mes crayons, ma plume, se faisait gronder, embrasser... Oh! les petits bras autour de mon cou... le gazouillement journalier, les lèvres douces, les baisers... les baisers des innocents...

Elle mit ses lèvres, longuement, sur les miniatures qu'elle repose en un geste religieux, près de l'écritoire.

Puis elle prononça sourdement :

— Qu'avais-je fait, mon Dieu, qu'avais-je fait... quelle malédiction sur ma tête... elle me suit... et cette fois... cette fois... l'ai-je méritée? Mon Dieu, suis-je destinée à pleurer toujours!...

Oh! cette plainte étouffée, ce sanglot sans nom... plainte et sanglot aussitôt refoulés...

LES SOUVENIRS DE JEAN KAREL

E fin visage contracté redevint d'un calme tragique; on ouvrait doucement la porte.

— Violette... Karel peut-il passer chez toi?

— S'il veut... tu as quelqu'un?

— Pas encore... Victor m'appellera.

Le médecin avait déjà franchi le seuil;

Jean Karel posa sur le bureau le dossier envoyé par l'avocate Madeleine Siraud, empêchée par la maladie de plaider le lendemain.

— Je montais justement, dit-il, entre deux visites, pour vous dire, car j'ai vu votre collègue dans la matinée, qu'il s'agit d'un cas particulièrement embarrassant. Elle n'a rien pu tirer de ces deux gosses qu'il nous faudra réclamer au « Foyer de l'Enfant », si le Tribunal ne les envoie pas en correction.

— Je n'en tirerai certainement pas davantage; Madeleine est une persuasive; personne n'obtiendra rien, si elle n'a rien obtenu. Je n'ai pas le temps du reste de faire une tentative... aurai-je même celui de les voir avant l'audience?... Deux rendez-vous importants ici, dans la matinée et un tout à l'heure, de six à sept...

Le docteur Karel, qui parlait en allant et venant dans la pièce, s'arrêta devant la jeune femme.

— Etes-vous de mon avis, Violette, que l'argent n'a jamais roulé autant que depuis plusieurs années?... Et la ruée aux plaisirs! pour ne parler que des dancings... Et la toilette... les bas de soie ne se sont-ils pas faufilés à toutes les jambes?... Vous ne croyez pas que tout cela coûte aussi cher que d'élever des mioches?

— Peut-être...

— Allez, ma chère amie, vous avez une belle œuvre à accomplir... une œuvre qui vous fera forte, énergique contre la douleur... Vous l'avez préparée vous-même, en vous consacrant exclusivement à la défense de la femme et de l'enfant... de l'enfant surtout, à son sauvetage... à la régénération de celui qui porte le plus souvent le poids des tares paternelles, misère physiologique et morale, contamination dès le berceau... Vous les voyez de près, à ce tribunal de pitié, trop souvent impuissant!... Comme j'ai étudié, moi, dans les hôpitaux, par exemple quand je faisais mon internat à la « Maternité », la genèse de cette déchéance congénitale qui est la pourvoyeuse en général du Tribunal des Enfants... C'est ce qui m'a peut-être le plus attiré lors de mon stage dans les hôpitaux, cette « Maternité »... Toutes les misères et aussi tous les drames, l'abandon, le viol... Deux accouchées m'avaient frappé, toutes jeunes, voisines de lits, l'une brune, violente, qui répétait « qu'il faudrait bien qu'on l'épouse », l'autre blonde, silencieuse, détournant la tête lorsqu'on lui parlait, les paupières souvent closes, gonflées par les larmes... Elles avaient des enfants chétives, des filles; l'une est morte, celle de la blonde, je crois... Et il me semble bien avoir entendu raconter par une brave femme d'une quarantaine d'années, qui en était à son cinq ou sixième, que celle de la brune portait un drôle de signe qui la ferait toujours reconnaître... Mais quel bavard je fais, mes enfants... je file... Vous venez toujours dîner après-demain, n'est-ce pas?... Ma femme et les petits seront à l'Arbre de Noël... ayez confiance, le bonheur viendra... En attendant, vous avez tant de bien, tant de bien à faire... pauvre amie! Denise vous aime comme une sœur... Moi, vous savez mon affection pour François et pour vous. Par conséquent... Voyons, mettez-vous à ce dossier... pensez à ces deux gosses dont vous assumez la défense, alors que vous ne pourrez peut-être, les voir que quelques minutes avant l'audience.

A ce moment, le domestique ouvrit la porte.

— Quelqu'un, Monsieur.

Une poignée de main à Karel, avec un regard triste sur le sien; maître Chanteleau passait dans son cabinet.

Et le docteur Jean Karel, président du Conseil médical de l'Œuvre du « Foyer de l'Enfant », serrant les deux mains fines, toutes froides de la jeune femme, dont les prunelles bleu-sombre avaient cette fixité qui, parfois, l'inquiétait, répéta :

— Vous avez une belle œuvre à accomplir... et vous serez heureuse à votre tour, Violette...

Elle secoua énergiquement la tête en répondant :

— Jamais!

— Même s'il ne vous vient pas d'autre enfant, unis comme vous l'êtes, François et vous...

— Ah! s'il n'y avait pas notre amour?

Il demanda, gardant ses mains, qu'elle essayait de dégager :

— Voulez-vous me répondre très franchement?

— Répondre à quoi?

— Vous ne prenez pas de stupéfiants?

— Moi? Et pourquoi des stupéfiants?

— Pour endormir votre chagrin.

— Rien n'endormira mon chagrin. Mes maternités resteront maudites.

— Et pourquoi resteront-elles maudites?

Les lèvres se joignirent, les prunelles reprirent leur fixité inquiétante.

— Avec ces yeux que je n'aime pas... sondez-vous donc l'avenir?

— Sonder l'avenir!... Ah! j'ai bien assez du passé

Il lâcha ses mains et la regarda qui allait à son bureau pour ouvrir le dossier que lui envoyait sa collègue du barreau de Paris.

Une impression non éprouvée encore, s'empara du docteur Karel.

Cette évocation du passé cachait-elle quelque chose?

Ce ne fut qu'une impression car il connaissait leur histoire.

Mariés le jour même de la mobilisation, François et Violette s'étaient connus et aimés dans une estime réciproque, au cours des mêmes études à l'École de droit.

François, fils unique, ayant assez d'argent pour passer sur le manque de fortune, était suffisamment épris, pour amener sa mère à acquiescer à une union qui ne réalisait pas le rêve de celle-ci, quoique la jeune fille fût d'excellente famille et ne lui déplût pas.

La guerre, qui les séparait pendant quatre années, cimentait la tendresse que les mêmes goûts fortifiaient.

Leur carrière commune les rapprochait sans possibilité de heurts ou de désaccord, Mme Chanteleau ne pratiquant la sienne que dans un but de philanthropie, vis-à-vis de la femme et surtout de l'enfant.

François et Violette s'aimaient trop pour ne pas tout savoir l'un de l'autre.

Voilà ce que s'affirmait le médecin. Lui-même, camarade de lycée de l'avocat, l'avait retrouvé au quartier latin. Puis Karel avait été absorbé par une carrière qui, si elle n'eût été arrêtée par la guerre, l'eût amené à concourir pour le titre de médecin des Hôpitaux.

Il faisait de la clientèle et sa clientèle était nombreuse et il prêchait d'exemple quant à la question de repopulation. Les petits se suivaient chez lui. Il attendait le quatrième.

Et il se souvenait encore que lorsque François Chanteleau épousa Violette de Reybes, elle était absolument sans famille. Sa sœur était morte au Tonkin, à la naissance de son premier bébé qui n'avait pas vécu et son beau-frère qui, là-bas également, perdait sa mère, n'avait plus jamais donné signe de vie.

L'amitié des maris appelait celle des jeunes femmes et les deux ménages vivaient sur un véritable pied de fraternité.

Mme Karel, surtout épouse et mère, gardait dans l'entraînement de la vie parisienne, les traditions de famille qui font la famille forte, et la joie du foyer.

Une minute, le médecin restait à considérer Mme Chanteleau, qui tête baissée sous l'abat-jour d'une lampe électrique, feuilletait, semblant y prendre de suite un vif intérêt, les pièces envoyées par Madeleine Siraud.

Ses cheveux épais, très blonds, paraissaient argentés sous la lumière, le visage penché marqué d'un sceau de gravité douloureuse, restait extraordinairement jeune. Les paupières se soulevèrent, les prunelles bleues sans cette fixité qu'il n'aimait point s'attachèrent aux siennes.

— Sauvez-vous, docteur. Cette affaire-là ne me paraît pas simple du tout... A dimanche, rue de Vaugirard... Embrassez Denise et les petits pour moi...

Ils se serrèrent la main; la tête blonde retomba sous la lampe.

Le docteur Jean Karel cherchait dans ses souvenirs.

## L'AUTRE FEMME

'ÉTAIT une cliente qui venait d'entrer dans le cabinet de maître François Chanteleau. Cheveux ardents, grande, bien faite, maquillage ocre, suivant la mode, et trop maquillée, semblable en cela à toute élégante, elle ne paraissait guère dépasser la trentaine.

Avec sa bouche violente et des yeux noirs perçants, elle était de ces femmes qui peuvent troubler les sens, sans attirer autrement.

Elle regarda bien en face l'avocat, en prononçant :

— Maître Chanteleau?

— Oui, madame.

De taille plutôt au-dessus de la moyenne, ce dernier, était complètement rasé. A la joue gauche, une cicatrice pouvait indiquer le passage d'une balle — blessure de guerre, sans doute — yeux bruns, et cheveux bruns, quelques fils blancs aux tempes. Il avait la physionomie de sa profession, une gravité peut-être accrue par le stigmate des années de combat, où les forces humaines, décuplées, allaient « au delà ».

Il montra de la main le large fauteuil près de son bureau.

Elle s'assit et dit, en matière de présentation :

— J'ai lu votre nom dans les journaux ces jours-ci à propos d'une affaire très délicate d'héritage, compliquée encore par un désaveu de paternité. Je viens vous trouver, maître, sur votre réputation... Le tribunal a donné gain de cause à la mère qui, sans vous, était dépouillée.

— La pauvre femme était une victime, je n'ai eu qu'à le prouver.

— Ce qui, je crois, fut difficile.

— S'il n'y avait pas de difficultés, madame, il n'y aurait pas d'avocats.

— Evidemment.

Elle réfléchit quelques secondes, puis, sans plus d'embarras qu'elle ne devait en témoigner, dans aucune phase de son récit, elle commença :

— Je me trouve dans des conditions, sinon semblables, présentant, du moins, un rapprochement. Celui de l'héritage.

— Le côté intéressant, concéda l'avocat.

— Oh! il y en a un autre pour moi et qui prime tout.

Elle eut un geste quelque peu théâtral :

— Je suis une mère sans enfant!

Maître Chanteleau n'eut pas un mouvement. Son œil, seulement, interrogea; son attitude disait :

— J'écoute.

— Les avocats gardent tous les secrets, fit-elle, même ceux des condamnés à mort.

— Même ceux des condamnés à mort, répéta-t-il.

Elle se mit à rire.

— Personne ne peut vous tirer les vers du nez?

La mine de Me Chanteleau devint glaciale, le genre ne lui plaisait pas.

— Personne, madame.

— Ne vous formalisez pas, maître : je ne pose pas pour la femme du monde et je n'y tiens pas. Les femmes du monde sont les pires, parce qu'elles mentent... Moi, je ne vais rien vous cacher... J'étais une fille-mère, qui ne me suis pas fait épouser à la mort du père. Celui-ci n'avait pas reconnu son enfant parce que, au moment de cette naissance, il m'avait plaquée... et il ne l'a pas fait, l'année dernière, parce que je n'ai pas pu la lui présenter... C'est une fille; elle aurait treize ans, et depuis bientôt dix ans, je n'en eu aucune nouvelle.

— Comment cela?

— La guerre, cette maudite guerre!... C'est tout une histoire... un drame... Voilà : mes parents m'avaient élevée honnêtement, mais soyez donc midinette à Paris, dix-huit ans, jolie fille, sans être suivie... et puis, on a un cœur, et moi, c'est mon cœur qui a parlé... Je lui disais que je ne voulais pas être une fille entretenue; « lui », répondait qu'il n'était qu'employé chez son oncle et qu'il m'épouserait... Je n'ai su que longtemps après que c'était vrai... seulement, l'oncle l'ayant envoyé brusquement à Madagascar où il avait des comptoirs, il a trouvé bon de partir sans crier gare... pour éviter les adieux... Il faut dire à sa décharge qu'il ne savait pas que notre amour aurait des conséquences, moi non plus... Là-bas, les négresses lui ont fait oublier les blanches. Quand il est revenu trois ans plus tard, son oncle l'a marié... Comme l'oncle avait la galette, pas moyen de rouspéter... alors, naturellement il ne me revit pas... mais c'est moi qui le cherchais... Pour le coup, ça n'a pas été banal... Ma fille avait trois ans...

Elle s'arrêta, son visage se crispant un peu sous le fard, son regard assombri se détournant.

Elle reprit avec une loquacité incohérente :

— C'est ce qu'il m'a conté, quand je l'ai revu dans le Midi pendant la guerre, une pauvre loque, blessé par un éclatement d'obus, la moelle atteinte il a encore duré jusqu'à l'année dernière... Ah! ce que j'en ai vu dans mon ambulance de ces malheureux. Car après avoir été envoyée par là, pour ma santé, j'y suis restée comme infirmière... Ah! oui, ce que j'en ai vu... et ce que c'est, hein! Maître, que le hasard... Il tombe justement dans mon service... L'oncle l'aimait comme un fils, le dernier du nom... De la vieille bourgeoisie ces gens-là et y tenant à leur nom, comme s'ils avaient été de la noblesse... Vous allez voir quelle fatalité!

Elle respira encore, pour reprendre immédiatement :

— J'ai oublié de vous dire, qu'il y avait eu divorce entre sa femme et lui, cette dernière, paraît-il, lui ayant fait dès infidélités dès le début de la guerre. Pas d'enfants, on se quittait sans regret... Si j'avais eu ma fille, il m'épousait « in extremis »... Il est mort en faisant promettre à son oncle, si on la retrouvait, de faire d'elle son héritière...

Elle regardait de nouveau l'avocat, quêtant une parole.

— Mais c'est très bien, cela, répondit celui-ci.

— Ce serait très bien si je l'avais... ma pauvre petite... et voyez encore la fatalité, la guigne, quand ça s'en mêle... L'oncle est malade, d'une maladie qui ne pardonne pas, c'est une question de temps... paraît-il, ça s'est déclaré tout d'un coup...

« Je ne puis faire de testament pour une enfant hypothétique, m'a-t-il dit et si j'en laissais un, mes héritiers qui l'attaqueraient, n'auraient pas de peine à obtenir gain de cause... »

— Il a raison.

— Il y aurait eu une solution, reprit-elle tout naturellement, c'est de me faire épouser par l'oncle, puisque le neveu ne l'a pas fait... Oh! j'y serais arrivée, malgré qu'il ne soit pas ce qu'on appelle engageant... J'ai cru un moment que ça allait marcher... et le voilà qui tombe malade. Les médecins comptent qu'il n'en a plus que pour six mois... Avant six mois, je dois retrouver ma fille...

Elle continuait à parler sans émotion, ne paraissant pas se rendre compte de la dose de cynisme que révélait son récit.

— Dans quelles conditions votre fille a-t-elle disparu?

— Toujours la guerre, Monsieur...

Elle eut une hésitation, puis, le geste décidé :

— Je veux tout vous raconter... J'allai donc à la Maternité, pour mettre mon enfant au monde; mon père était mort dans l'intervalle de ma grossesse; ma pauvre mère restée seule avec trois garçons qui ne gagnaient pas encore pour eux, est venue m'y voir deux fois et c'est chez elle que je suis rentrée avec mon bébé... Je n'avais dans la tête qu'une idée, retrouver celui que je considérais comme une canaille et me venger... Trois ans se passent, voilà qu'un matin, par hasard, en lisant un journal, je vois l'annonce de son mariage... pour le jour même, à l'Eglise Saint-Honoré-d'Eylau... Il n'y avait pas de temps à perdre pour aller lui présenter sa fille... Dare-dare, je fais un bouquet à offrir à la mariée, un bouquet blanc et jaune, comme le comportait la circonstance et me voilà partie, maman à la remorque, qui voulait m'empêcher de faire des bêtises.

Maître François Chanteleau, avait eut un léger mouvement et, sur le visage, une crispation rapide.

— Quelles bêtises? interrogea-t-il.

— J'étais plutôt violente... Pourtant je ne projetais pas d'autre manifestation que celle de présenter à la mariée le susdit bouquet...

— Cela se passait?

— Le matin de la déclaration de guerre.

— Et alors?

— Alors... Figurez-vous qu'il y avait deux mariages ce matin-là et les mariés que je cherchais partirent avant mon arrivée. Quand le second couple descendit l'escalier, elle... très blonde... sous... son voile... Maître, comprenez-moi... il y a dix ans de cela, et... quand je pense à la gaffe... et surtout à ce qui m'est arrivé, après que l'agent m'a eu repoussée... Au premier abord, sans détailler les traits, je vois le marié... brun, comme « lui », avec la barbe en pointe... Ce n'était pas « lui... », mais pour une surprise... Ah! par exemple!...

Elle s'arrêta net, une pâleur sous son fard.

— J'arrive à l'accident... une auto me heurte... envoie ma fille sur un tas de sable... qui s'est trouvé là, bien à propos... moi, je tombe la tête sur le bord du trottoir. On me conduit à l'hôpital Beaujon, où ma fêlure se raccommode... C'était la guerre..., on fondait des ambulances partout. Je partis avec une infirmière dans le Midi, pour l'aider, et je suis devenue, à mon tour, infirmière, dans une ambulance de l'Estérel... où je suis restée jusqu'à ce que je retrouve mon séducteur...

Le visage de maître Chanteleau, calme au début, traversé un moment plus tôt, par une impression qui le contractait légèrement, devenait d'une froideur voulue.

### LA FAMILLE ABANDONNÉE

ELLE reprit toujours sans effort :

— Avant de quitter Paris, je m'étais brouillée avec ma mère... J'avais pris mon enfant en grippe, je voulais qu'elle le mette aux Enfants-Assistés... Comme elle s'y refusait...

— Une brave femme, interrompit l'avocat qui parut s'intéresser.

— Oui, elle avait, elle, la petite en amitié, mes frères aussi... Moi... que voulez-vous... elle me rappelait trop ma déception... Je lui ai dit : puisque tu veux la garder, garde-la... tu n'auras plus de mes nouvelles... Et je ne lui en ai pas donné, jusqu'au moment où les gothas bombardant Paris j'ai craint qu'il ne lui soit arrivé quelque chose... Jamais de réponse. Deux de mes frères étaient en âge d'aller au front... Sur eux, non plus, je n'ai jamais rien su... J'ai été très coupable... j'ai mérité le malheur qui me poursuit.

— Et le malheur qui vous poursuit?

— Je ne retrouve pas ma fille, je vous l'ai dit.

— Ni votre mère?

— Ni ma mère, que j'aimais bien, je vous assure.

Deux larmes jaillirent des yeux noirs, ramassés au bout du doigt sur les joues maquillées.

— Et, Monsieur, je vous le jure, je rechercherais ma mère, sans aucune question d'héritage.

— Et votre enfant?

— Aussi... le père n'a-t-il pas fait amende honorable?

— Alors pourquoi ne vous a-t-il pas épousée?

— Je le répète, parce que je n'avais pas ma fille...

— Elle était l'enjeu du mariage, comme elle est l'enjeu de l'héritage.

— Oui.

La figure de la jeune femme se durcissait.

— Je suis certainement à vos yeux, une mauvaise mère?

— Je n'ai pas à vous qualifier, madame... vous n'êtes pas venue me trouver pour que je porte un jugement sur votre façon d'agir...

— Pour que vous me donniez un conseil simplement.

— Lequel?

— Un conseil qui m'aide à retrouver ma mère et mon enfant.

— Cela n'entre point dans mon rôle d'avocat... C'est à une agence de renseignements qu'il faut vous adresser.

— Je l'ai fait... sans aucun résultat, hélas!

— Alors, madame...

— Alors... maître... si un procès s'engage jamais, puis-je être assurée de votre concours?

— Cela dépendra...

— De quoi?

— Si votre cause me semble juste...

— Elle l'est... et puis, si les avocats ne défendent que les causes justes...

Un froncement des sourcils de maître Chanteleau abaissa le ton de cette cliente trop libre.

Elle tourna sa réponse en plaisanterie, le sourire aux lèvres.

— Vous défendez bien les assassins!

— Nous plaidons les circonstances atténuantes... et nous sommes toujours en droit de les plaider.

— C'est certain. Enfin, maître, à ce moment-là, nous verrons... si toutefois il y a procès... Le meilleur, ce qui éviterait toute contestation, c'est que l'oncle reconnaisse l'enfant... Cela se peut-il?

— Cela se peut toujours... Mais c'est alors qu'il y aurait motif à contestation...

— Donc, que faire? Me faire épouser?

— Évidemment... Vous épouser et faire de vous sa légataire, serait le mieux, ce qui, du reste, pourrait encore sembler louche, surtout si c'est « in extremis... », on peut toujours attaquer un testament...

— Alors... pas d'issue...

— Que de retrouver l'enfant, c'est bien certain...

— Je n'ai pas ménagé les billets de banque pour y arriver, l'oncle ne me laisse pas manquer d'argent... Il voudrait voir cette petite; il met quelquefois tant d'âpreté à me le signifier que je me demande s'il n'en est pas à douter qu'elle ait jamais existé.

Ce fut au tour de l'avocat de sourire, en disant :

— La confiance règne!

— Non, elle ne règne pas... et pourtant... pourtant, je l'ai eue, ma fillette!

— Vous dites que vous avez accouché à la « Maternité »?

— En juin 1911.

— L'enfant a été déclaré « père inconnu »?

— Oui.

— Sous votre nom à vous?

— Non... encore une complication... Yvonne André... André c'était le prénom du père... Ça m'a passé comme ça par la tête quand on m'a demandé les indications pour l'état-civil. Abandonnée, je ne voulais pas dire mon vrai nom. Je le regrette bien; quoique si je l'avais donné, ce n'est pas cela qui me le ferait retrouver...

— Vous n'aviez pas alors donné votre nom à vous?

— Non... Yvonne André, au lieu d'Yvonne Girot... Vraiment, ça peut encore compliquer?

— Oui et non, cela dépend... Mais nous n'en sommes pas là.

— Malheureusement.

— Vous venez de dire que cela vous a passé par la tête, quand on a dressé l'état-civil de l'enfant.

— Parfaitement... Je suis entrée à la « Maternité » tout à fait au dernier moment, on ne m'a jamais inscrite qu'une fois ma petite au monde... C'est souvent ainsi que ça se passe.

— Et voulez-vous me répéter à quelle date?

— Le 11 juin 1911.

L'avocat demanda, tandis que ses traits se détendaient :

— Avez-vous connu le nom de l'interne de service dans votre salle?

— J'en ai vu passer plusieurs, sans y prêter beaucoup d'attention... Je me rappelle pourtant d'un grand blond, solide...

— Voulez-vous allez voir, de ma part, le docteur Jean Karel, 120, rue de Lisbonne.

— Mais oui.

— Peut-être pourra-t-il vous être utile.

— Il était à la « Maternité » à cette époque?

— Oui...

— Ah!... en effet... Seulement, ne vous semble-t-il pas qu'il faudrait que je sache ce que ma pauvre mère est devenue avec ma fille.

— Vous agirez comme vous l'entendrez... Il s'occupe beaucoup des enfants... il est à la tête, comme médecin, d'une œuvre très importante.

— Celle de la rue de Vaugirard.

— Vous êtes au courant?

— Je m'y suis fait recevoir comme membre actif, pas plus tard qu'aujourd'hui... Je la connaissais aussi, par les journaux... Je vais partout où on s'occupe des gosses... J'ai commencé par l'Assistance Publique; là, aucune trace de la mienne... Ma mère ne l'y a certainement pas menée... Elles sont peut-être mortes, elles ont peut-être été tuées par les gothas ou les berthas... Quant à mes frères, je vous l'ai dit, il y en a eu deux à la guerre... le plus jeune serait d'âge, à présent, à faire son service...

« Est-ce malheureux d'être ainsi sans famille!

— Je ne veux pas vous répondre que vous l'ayez bien voulu...

— Je l'ai bien voulu... Ah! Maître! veut-on quelque chose dans la vie!... Le pire vous tombe toujours dessus.

Son œil s'adoucit, son regard devint grave et triste.

— Je vous l'assure, j'étais une brave fille... un peu vive, mais un très bon fond... Je ne pensais pas à dérailler... Une rencontre, on aime, on menace de vous quitter si vous ne donnez pas la preuve de votre amour... On ne peut pas se marier tout de suite... Et puis on a affaire — je ne dis plus à une canaille, au fond il n'était pas pire que beaucoup — à quelqu'un qui pense que le plaisir pris c'est toujours autant... et qui poursuit sa vie parce qu'aussi il ne peut pas, il n'a pas le courage de faire autrement... Je le répète, Maître, j'étais une brave fille... et héritage à part, je ne demande qu'à être une bonne mère... Il y a une innocente qui n'a pas non plus demandé à venir et qui est peut-être bien malheureuse!

— Madame, je désire très sincèrement que vous réussissiez... Je vous le répète, voyez le docteur Karel.

## UNE FERVENTE DE LA « COCO »

L'AVOCAT s'était levé.

Elle eut soudain un frissonnement.

— Un médecin!... pourvu que... qu'il ne s'aperçoive pas... Maître, je ne vous ai pas tout dit... et je dois tout vous dire, car, au fond, je suis venue autant pour cela... et ce serait encore une chose qui pourrait entraver les dispositions de l'oncle, s'il prenait la résolution d'en arrêter tout de même en ma faveur... Maître, écoutez-moi encore, je vous en prie...

— Je vous écoute, je vous demande seulement d'abréger le plus possible, je viens d'entendre deux coups de timbre qui m'annoncent deux clients.

— Je sais que vous êtes extrêmement pris... et pourtant ce serait de votre ressort... Il faut, de ce côté, que vous me promettiez de m'assister.

— De quel côté? Je ne puis rien promettre sans savoir.

— Je crains d'être compromise dans une affaire de stupéfiants.

— Oh! oh!... serait-ce celle de la rue de Prony?

— Je ne sais...

— Vous êtes cocaïnomane?

— J'allais le devenir... J'ai un ami... qui...

Elle s'arrêta; et, comme quelqu'un qui jette tout son lest :

— Un ami qui l'est... Et puis, quand on a eu tant d'ennuis... on cherche... Lui, ce malheureux est un aveugle de guerre, un homme d'une quarantaine d'années... je l'ai connu aussi dans le Midi... Je dis, il l'est... il l'était... car pendant que j'y goûtais, moi, il avait le courage de se désintoxiquer. Il était magistrat, je ne sais plus où, dans les colonies... il est veuf... il voudrait rentrer dans la magistrature... Mais aveugle!... c'est un homme qui a une certaine fortune, il a pris comme secrétaire un jeune avocat... il n'aurait donc qu'à plaider. Mais lui, il tient à la fonction... comment déjà appelle-t-on ça?... la fonction de celui qui accuse...

— Procureur de la République.

— Il y a un autre nom.

— Qui en dérive... celui qui en tient la place, substitut.

— C'est ça...

— Depuis quelque temps je ne l'ai pas vu... Il voulait se faire nommer au Tribunal d'enfants... Il disait qu'il aurait plus facile, ne voyant pas, de tenir son poste... que sympathique ou antipathique, la physionomie des enfants n'engage pas leur responsabilité... Je crois qu'il ne les fera pas souvent condamner... C'est lui qui m'a donné le conseil de voir du côté des Œuvres pour l'enfance coupable... on ne sait jamais ce que la vie a pu faire des petits déshérités...

— En effet, à ce titre, ils sont doublement intéressants... Je n'ai point entendu parler au Palais de cette rentrée d'un magistrat aveugle de guerre... Je ne vais point du reste au Tribunal d'enfants... Mme Chanteleau qui est avocate, y a affaire à peu près à toutes les audiences.

— Ah! Mme Chanteleau est avocate...

La sonnerie du téléphone interrompit la conversation.

En décrochant le récepteur de l'appareil placé sur son bureau, Maître Chanteleau conclut :

— Madame nous pourrons reparler de vos affaires, mais sur rendez-vous... Je suis jusqu'à huit heures ce soir extrêmement occupé... Excusez-moi de ne pas vous accompagner.

Elle se leva, salua non sans correction et sortit reconduite jusqu'à la porte du palier, par le valet en faction dans l'antichambre.

François Chanteleau téléphona à son ami Jean Karel, qui à l'instant, arrivait pour repartir dans la soirée, ayant des malades encore à visiter.

» Sais-tu, mon cher, qui entrait dans mon cabinet, quand je t'ai laissé avec ma pauvre Violette?... Oh! je ne te dis même pas devine... Eh bien, ça m'a tout l'air d'être cette jeune femme, par l'aventure archi-compliquée qu'elle m'a contée, une des deux filles-mères, la brune, quoiqu'elle soit rousse aujourd'hui, que tu remarquas pendant ton stage d'interne à la « Maternité »... Je plaisante ?... Mais non, et en tout cas, je suis certain que c'est l'héroïne de la démarche qui faillit tourner au drame le jour de notre mariage et causa à Violette une telle émotion qu'elle s'évanouit dans notre coupé... plus blanche que les lis... J'aurai toujours cette image devant les yeux. Trois jours plus tard, j'étais mobilisé... Toi aussi, à peine marié et laissant ta femme en Bretagne... Vous, au moins à présent, c'est le bonheur. Nous, nous pleurons nos enfants... Que je me taise !... Tu as raison. Mais si j'étais superstitieux... et quel est celui qui, au fond, ne l'est pas plus ou moins, je penserais ce que Violette a certainement pensé : que cette jeune femme qui se trompait en poussant vers nous un bébé qui tenait l'étrange bouquet que tu sais, — je t'ai narré en détail cette stupide histoire, — nous a porté malheur... Non ?... tu ne crois pas ? parbleu ! moi non plus... Je lui ai donné ton adresse... Pourquoi ? elle cherche cette enfant qu'elle a abandonnée depuis dix ans... un héritage sous roche... elle te recontera... tu verras... tu feras ce que bon te semblera... le cas me semble intéressant, sinon quand à elle, du moins quant à l'enfant.

« Naturellement, pas une allusion devant Violette, à qui cela rapellerait notre descente de l'église... Elle n'a jamais pensé que j'étais en cause... on a su que les mariés guettés étaient ceux qui avaient passé avant nous... Mais bien sûr, mon cher, bien sûr... c'est entendu, nous serons heureux à notre tour... la rengaine, hein ? Chacun a sa part de bonheur... Il y en a qui l'ont si petite qu'elle ne laisse même pas de trace... Notre amour, oui, nous nous adorons assez, Violette et moi, pour tout supporter... Tiens, nos deux petits nous regardent pendant que je te cause... je pense comme elle qu'ils restent autour de nous... Allons, à dimanche, rue de Vaugirard... Oh ! sois en sûr, elle y viendra... elle a tous les courages, quand il s'agit des enfants... plus elle pleure les siens, plus elle veut ceux des autres heureux... A dimanche.

## AU TRIBUNAL DES ENFANTS

N entre par le quai d'Orsay.

Une salle plutôt petite sur une cour, les fenêtres à peu près masquées par une vérandah vitrée.

Le jour gris de décembre, assombrit encore et rend plus triste que la plus triste salle d'assises ou de correctionnelle, cet endroit qu'on appelle, au Palais de Justice, le « Tribunal d'Enfants ».

L'estrade où, devant la longue table chargée de papiers et de dossiers, prennent place le Président, ses deux assesseurs, le banc des avocats, la tribune du Ministère public, celle réservée aux délégués des œuvres protectrices ou régénératrices de la jeunesse.

Au fond, le public ; mais les places sont très restreintes ; on ne pénètre là que par faveur spéciale. Les fautes de l'enfance, commises le plus souvent sans discernement ne doivent pas être livrées à des commentaires pouvant influer sur son avenir.

Enfin, sur la gauche, la tribune des accusés.

A deux heures et demie de l'après-midi, le tribunal entre en séance.

Il y a, aujourd'hui, à juger vingt-six coupables.

Demain, Noël !

Le réveillon sonnera son carillon d'allégresse, tandis qu'attendront, devant le feu éteint, les petits souliers, bottines du riche, chaussure éculée du gosse besogneux.

Il faut que le foyer soit bien pauvre, pour que le père Noël, barbu de neige, givré de frimas, n'opère pas sa descente par la cheminée.

Noël !

Le défilé commence des vingt-six, que vont défendre avocats et avocates.

La porte du fond de la tribune des accusés s'ouvre pour les prévenus en détention ; celle du fond de la salle, pour les prévenus libres, les témoins, les parents ou alliés qui peuvent les réclamer et qui sont considérés comme présentant des garanties de moralité suffisante pour les remettre dans le droit chemin.

Tous ne les présentent pas, ces garanties ; ils sont là, souvent, les vrais coupables, les coupables irresponsables aussi d'un atavisme suspect, la tare du père ou de la mère, des deux parfois, quand cela ne remonte pas plus loin.

Ce fut d'abord une affaire de vagabondage, l'enfant s'étant enfui de la maison paternelle.

Ensuite, vol dans un hôtel meublé, où on recueillait le délinquant, sans feu ni lieu. Son père avait été tué à la guerre.

En quatrième lieu, deux complices, pincés à manger des bananes, volées à une devanture.

Et voilà les filles maintenant :

Vagabondage, débauche précoce, larcins à l'atelier, dans les magasins, peu graves pour la plupart : une boîte de poudre de riz, une plume pour un chapeau, un flacon de parfum.

Le Président secoue plus ou moins fortement l'accusé, moralise, menace ; il morigène les parents qui n'ont point assez surveillé.

La question de la maison de correction, cet abîme définitif, est souvent aussi agitée comme une menace.

Le substitut déclare ou non, de nouveau, qu'il ne s'oppose pas à l'indulgence ; les délégués ou déléguées des œuvres, après la plaidoirie courte, mais bien sentie, de la défense, se lèvent pour réclamer celui ou celle qui bénéficiera de la clémence du jury, quand le jury refuse de le rendre aux parents, même sous la surveillance mensuelle d'un de leurs-enquêteurs.

Si l'on entend des remerciements, il y a des pleurs, de grands cris, des appels, parfois un évanouissement, tout ce qui secoue les nerfs et tord le cœur, devant ces êtres qui commencent la vie, et sont déjà des réprouvés.

Suspendue vers cinq heures, l'audience reprit à cinq heures et demie.

A ce moment, une jeune femme, aux cheveux rougis au henné, le visage couvert d'une voilette à ramages, pénétrait au banc des délégués.

Trois avocats et une avocate succédaient à ceux qui avaient accompli leur tâche.

Maître Violette Chanteleau entrait seulement dans la salle d'audience.

La tribune du Ministère public était occupée par le substitut dont elle entendait parler seulement la veille, ce magistrat aveugle de guerre — assisté de son secrétaire, un jeune stagiaire — rentré dans la carrière par la porte du « Tribunal d'Enfants ».

La moustache et la barbe taillées en pointe, presque noires, les cheveux blancs en brosse, les

*— Madame, je désire très sincèrement que vous réussissiez... Je vous le répète, voyez le docteur Karel (p. 15).*

yeux brouillés, fixes, avec quelque chose d'encore jeune, cette tête émaciée ressemblait à celle d'un ascète. Il portait la médaille militaire et la Légion d'honneur.

— Comment s'appelle le **nouveau substitut** ? demanda-t-elle à un confrère.

— On me l'a dit, je l'ai oublié... Il est impressionnant.

— La pire des choses... aveugle ! J'en ai vu plus d'un dans les ambulances et après... Ils supportent cela stoïquement... C'est le moins qu'on leur facilite le retour à la profession représentant leur vie extérieure d'avant-guerre.

— Certes... Avec un secrétaire, il peut s'en tirer.

## NÉNETTE ET RINTINTIN

'HUISSIER annonça :

— Le Tribunal!

En même temps, la porte de côté déversait deux coupables, fille et garçon, que l'avocate qui avait à peine eu le loisir de leur parler avant leur comparution, pour n'en rien obtenir, du reste, examinait :

— Debout ! commandait un des gardes, comme ils allaient s'asseoir.

Ils obéirent, le gamin baissant une tête châtain, ébouriffée, la gamine, boucles foncées courtes, à la Jeanne d'Arc, une mèche serrée dans un nœud, qui ressemblait à un papillon prêt à s'envoler, vert comme sa robe jersey échancrée sur le cou gracile, très blanc : petite figure de madone aux yeux d'azur foncé, pâlie par une émotion qu'une volonté qui tendait les traits, en rapprochant les fins sourcils sombres comme les cils, dominait.

— Comment vous appelez-vous ? interrogea la voix grossie du président, la voix bourrue par tactique ; j'espère que vous allez le dire, tous les deux ?...

— Aucune réponse.

— Vous m'entendez ?... Êtes-vous sourds ?... Ne faites pas non avec votre tête, mais avec votre langue... Ici, on ne plaisante jamais... Comment vous appelez-vous ?

Le garçon enfonça plus fort le menton dans sa poitrine.

La fille répondit d'une voix claire, une petite voix d'argent :

— Nénette et Rintintin.

Dans la salle, quelques sourires vite effacés.

La voix du Président grossit encore :

— Vous n'allez pas recommencer... mentir comme à l'instruction ?.. Ici, on vous juge, on peut vous envoyer dans une maison de correction jusqu'à vingt et un ans... Ici, il faut tout dire... Ce ne sont pas des noms, Nénette et Rintintin.

— C'est comme ça qu'on nous appelle, parce que moi, c'est Ginette, et lui c'est Célestin.

La mince taille se dressait, la petite voix gardait son timbre enfantin ; les prunelles bleues demeuraient innocentes, tandis que, lourdaud, trapu, Tintin montrait sa figure boursouflée où les larmes avaient coulé.

Dans la tribune des délégués des œuvres, la jeune femme qui avait relevé sa voilette l'abaissait d'un geste rapide.

— Soit, Ginette et Célestin, mais vos noms de famille ?

— Je n'en ai pas, je suis née à la « Maternité », Tintin aussi.

— Ce n'est pas une raison parce qu'on est né à la « Maternité » pour n'avoir pas de nom... Réponds, toi, le garçon : comment s'appelle ta mère ?

Le menton ne se décolla pas de la poitrine.

— Est-ce qu'il est muet, votre complice, mademoiselle Nénette ?

— Ah ! si vous l'entendiez gueuler ses journaux du soir !

La voix du respectable Président devint énorme.

— Mademoiselle Nénette, on va vous envoyer immédiatement dans une maison de correction.

— Ah ! j'en ai marre de la maison de correction... On se sauvera, d'abord.

— On ne se sauve jamais de cet endroit-là, jamais !

— On sera ensemble, alors...

— Vous pouvez le croire, peut-être à une cinquantaine de lieues de distance.

Une rougeur monta au visage d'enfant, pâle d'une colère froide.

Tintin, lui, se mit à pleurer.

— On ne vous a pas recommandé, avant tout, d'être polie, gronda encore le Président.

La petite tourna son regard vers celle qui prenait la place de la dame en large robe noire, à rabat blanc, qui l'avait, à plusieurs reprises, interrogée, conseillée.

Ce regard rencontra un regard dilaté dans un visage si blanc, qu'un malaise se refléta sur le mince visage convulsé.

Y trouva-t-elle le blâme qui allait la priver d'un auxiliaire sur lequel elle avait compté ?

Elle baissa, elle aussi, la tête.

— Pourquoi refusez-vous de donner le nom de vos parents ? tonitrua, de nouveau, la voix du Président.

— Pour ne pas qu'on les embête.

— Ce n'est pas vrai...

— Si.

— Et vous êtes assez bêtas, tous les deux, pour croire qu'ils ne vous ont pas cherchés, vos parents... Votre grand'mère, mademoiselle Nénette, et vous, monsieur Rintintin, votre mère, se sont adressées tout simplement au commissaire de police... Regardez par là, tous les deux, au fond de la salle... Allons, regardez...

## MÈRE ET GRAND'MÈRE

Une derrière l'autre, deux femmes de cinquante à soixante ans, s'avançaient vers la barre, l'une courte, lourde, la face sans expression, l'autre assez grande, maigre, yeux noirs encore vifs, allure énergique.

Nénette autant que Rintintin sembla pétrifiée.

Les deux femmes s'arrêtèrent : elles étaient à trois pas des deux gosses qui crièrent :

— Grand'mère !

— Maman !

Et l'un aussi bien que l'autre éclatèrent en sanglots.

Il y a parfois des coups de théâtre au Tribunal d'enfants.

La spectatrice de la tribune des délégués tressaillit violemment.

— Une bonne note : vous avez du cœur, prononça la grosse voix radoucie.

Les deux femmes aussi pleuraient ; la première avec des sanglots pareils à ceux des enfants, la seconde silencieuse, les larmes roulant sur ses joues aux pommettes saillantes.

Les gardes avaient fait asseoir les accusés, l'huissier indiquait un siège aux deux femmes.

Maître Violette Chanteleau gardait son regard fixé du côté de ses jeunes clients.

— Maintenant, calmons-nous, scanda la voix, tout à fait paternelle ? toi, Faucheux, voyons, Célestin Faucheux, réponds le premier... Est-ce toi l'aîné ? Oui, tu es né huit jours plus tôt à la « Maternité », comme elle le sait si bien que ta compagne... Car tu vas répondre, devant ta mère, une brave et digne femme qui a eu ses deux frères tués à la guerre... Ton père est mort, il y a deux ans, une de tes sœurs commence seulement à gagner, l'autre est toujours malade... Elle a eu et elle a encore de la peine, ta mère...

et tu lui fais un chagrin comme ça, aujourd'hui ? Voyons, tu es d'âge à comprendre... tu te rends bien compte, hein ?... réponds.

Il fit oui de la tête.

— Tu as quitté l'école aux vacances dernières ; ta mère t'a mis à apprendre le métier de mécanicien... Pour ajouter à son gain de porteuse de pain, elle va crier les journaux du soir, à l'entrée du métro, tu y es allé de ton côté, il n'y a pas de mal à ça, au contraire... Malheureusement, tu t'es mis à ouvrir les portières près des restaurants de nuit... Qui t'a donné cette idée-là ?... Parle, il faut parler.

Pour la première fois, il répondit, si bas, d'ailleurs, qu'il fallut le faire répéter.

— J'avais des sous en plus, c'était pour maman.

— Des sous... Qu'est-ce que ça signifie, des sous ? Combien ça te rapportait-il d'ouvrir les portières ?

— Pas toujours la même chose.

— A peu près... les plus grosses sommes ?

— Je ne me rappelle pas.

— Ta mère va nous le dire... Et vous, mademoiselle Nénette, qu'est-ce que vous faisiez avec votre ami Rintintin, puisque Rintintin il y a, de minuit à deux heures du matin, aux portes des restaurants de Montmartre, « Rat-Mort », « Chat-Crevé », été...

— Comme lui... Je voulais aider ma grand'mère.

— Votre grand'mère vous avait mise, cette année aussi, après votre certificat d'études, chez une modiste... Quand on apprend les modes, on ne va pas ouvrir les portières.

— Puisque c'était pour l'aider !

— Aviez-vous tant besoin que cela de l'aide de votre petite fille, madame Girot ?

La grande femme maigre répondit :

— Monsieur le Président, j'ai eu une forte grippe, alors je ne travaillais pas...

— A vous aussi, elle rapportait quelquefois vingt-cinq ou trente francs par soirée : ce n'est pas à ouvrir les portières qu'on gagne vingt-cinq ou trente francs... Vous ne trouviez pas cela singulier ?

— Elle m'expliquait que les belles dames lui payaient cher ses bouquets...

— Elle vendait des fleurs... Nous y arriverons tout à l'heure... D'où les tirait-elle ces fleurs ?... Des fleurs artificielles...

— Elle ne me l'a jamais dit... C'est par M. le juge d'instruction que j'ai su...

— Nous y reviendrons...

## LE RÉTICULE SUSPECT

Le Président tourna une feuille du dossier.

— Quand on vous a trouvés tous les deux, vers trois heures de la nuit, endormis en bas de l'escalier du métro « Pigalle », vous aviez au bras, mademoiselle Nénette, un réticule, joli, en peau de daim avec un fermoir en écaille, et un chiffre en or, Y... G..., qui contenait une glace, une petite boîte à poudre de riz et une autre boîte à double fond, dans un côté de laquelle on a trouvé quelques pastilles, dont l'autre côté était rempli d'une poudre blanche... D'où provenait ce réticule, et d'où venaient les fleurs artificielles que votre main n'avait qu'à moitié lâchées?

L'enfant mit quelques secondes à répondre.

La jolie femme au chignon roux haletait sous sa voilette, qu'elle resserrait encore.

— Je ne sais pas, murmurait Nénette.

— Vous ne savez pas... Et vous, Célestin Faucheux, savez-vous, puisque vous étiez ensemble ?

— Non, je ne sais pas...

— Il y avait, dans ce réticule, un billet de mille francs, mademoiselle Nénette... et dans votre poche, un billet de cent francs, Célestin Faucheux...

La fille leva les épaules, dans un geste d'ignorance, le garçon dit :

— Je l'ai trouvé par terre, tout près du « Chat-Crevé ».

— Et il l'aurait porté chez le commissaire de police, comme moi le petit sac gris, affirma la fille.

— Ah ! voilà que vous vous rappelez que vous l'aviez, le petit sac gris.

— Non... si j'avais su que je l'avais, monsieur le Président... j'aurais pensé... j'aurais pensé que je l'avais trouvé... Alors, je l'aurais porté au commissaire.

Le Président s'adressa à la grand'mère.

— Votre petite-fille a toujours été aussi menteuse ?

Celle-ci mit quelques secondes à répondre :

— On ne peut pas dire qu'elle était menteuse... Elle était forte pour raconter des histoires, elle lisait tout ce qu'elle trouvait, ça lui montait la tête... Mais si je lui disais : Nénette, assez de blagues, elle ne blaguait plus.

— Eh bien, je vous engage à le lui répéter, ça ne pourra que lui être utile...

— Pour sûr que je lui répète : Ma petite fille, dis la vérité, je t'en prie, pour qu'on me laisse t'emmener... Tu m'as fait assez de mal comme ça, tu m'en as fait assez...

La voix s'étrangla dans la gorge, Nénette serra les lèvres et devint encore toute pâle.

— Avez-vous trouvé, ou n'avez-vous pas trouvé ce sac ? interrogea la voix devenue impatiente, bourrue.

— Pour sûr...

— Pour sûr, quoi ?... Vous l'avez pris, ce sac, vous l'avez volé ?

— Oh ! non, Monsieur !... Non, monsieur le Président.

— Vous l'avez ramassé et vous ne l'avez pas rendu... C'est la même chose.

— Je l'aurais rendu le lendemain... Il était trop tard.

— Ah ! vous l'auriez rendu le lendemain, il était trop tard... donc, vous vous souveniez ?...

— Pas bien... On a dormi si longtemps... si longtemps...

— Pendant quarante-huit heures, à l'hôpital Lariboisière où on vous avait transportés tous deux. Vous avez avoué, en vous réveillant, avoir prisé de la poudre blanche, contenue dans la petite boîte à double fond, et comme vous l'aviez avoué, vous n'avez pu le nier ensuite... Tintin, naturellement, vous avait imitée... Or, si vous avez prisé de cette poudre blanche, c'est que vous l'aviez vu faire, et cette poudre blanche, comme celle que contenaient, dans le cœur des fleurs, les bouquets que vous vendiez, comme celle que contenaient les stylographes et les briquets que votre camarade allait porter aux consommateurs, c'était de la cocaïne... de la « coco », de la « drogue », de la « respirette », — vous avez dû entendre tous ces noms-là autour de vous... Vous en avez prisé à vous tuer... sans savoir... pour vous rendre compte... Maintenant, il faut dire à qui est le réticule ; le voilà, ce réticule...

Le Président soulevait l'élégant petit sac placé à côté de lui, et auquel il n'avait pas encore touché, en continuant :

— Vous êtes très intelligente, vous, mademoiselle Nénette, mais vous n'êtes quand même qu'une gamine à qui on peut faire faire de vilaines choses, sans qu'elle se rende compte de leur gravité... D'abord, vous avez vendu des journaux, comme votre ami Célestin, honnêtement, pour aider votre mère et votre grand'mère ; puis, un soir, un homme vous a abordé, dans la rue... hein ? Célestin... n'aie pas peur de parler, si tu veux retourner avec ta mère.

Le garçon dit spontanément :

— Non, monsieur le Président, c'est au cinéma...

— Imbécile ! lança Ginette, de sa voix d'argent.

Le sang monta jusqu'aux oreilles de Tintin.

Un silence.

Puis, le Président, tranquillement :

— Cette exclamation éclaire la situation ; de vous deux, il y en a un qui fait marcher l'autre.

— Et c'est le mien qui marche, affirma Mme Faucheux, je ne veux pas parler contre Nénette, je l'aime bien ; on est venu, sa grand'mère et moi, sans se connaître, au début de la guerre, habiter la même maison, pour se décharger de loyer... les garçons étant partis... Ah ! si on avait su qu'on pouvait rester sans payer !... Enfin, c'est le hasard... et un drôle de hasard ; j'étais en même temps que la mère de la petite, à la « Maternité »... La gosse et mon dernier ont été tout de suite comme frère et sœur... C'était toujours le mien qui recevait les claques : elle avait la main leste, la gamine ; lui, il aurait passé dans un trou de souris, si elle avait voulu qu'il y passe... Mme Girot ne me démentira pas.

Loyale, Mme Girot répondit : non, de la tête.

— Mais comment deux braves femmes comme vous, — car les renseignements sur vous sont très bons, — laissiez-vous ces enfants, garçon et filles, gourgandiner ensemble, jusqu'à deux et trois heures du matin ?

Mme Girot parla.

— On n'avait pas de raison pour croire le contraire de ce qu'ils disaient... C'est quand on ne les a pas vus rentrer du tout qu'on a réfléchi qu'on avait été imprudentes... Imprudentes... ah! sait-on si on l'est ou si on ne l'est pas... quand on travaille quinze heures par jour, — car nous, on on ne connaît pas la journée de huit heures, faut manger, et puis voilà... — est-ce qu'on peut penser comme les femmes qui n'ont que leur ménage?

— Dites-nous bien le caractère de votre petite-fille...

— Pas méchante pour deux sous, Monsieur ; mais sa tête... et des idées d'orgueil !... ça aurait rêvé d'être une étoile de cinéma... Et pour tout, on croirait qu'elle n'est pas de notre condition... On ne peut pas savoir si elle tient de son père, puisqu'on ne l'a pas connu, et elle a à l'épaule un drôle de signe, qui n'est pas de chez nous.

Tout le monde regardait celle « qui faisait marcher Tintin », lequel Tintin, toujours rouge, encaissait peut-être moins facilement, cette épithète d'imbécile que les claques de son enfance.

La distance éclatait entre ces deux êtres nés tous deux à la Maternité, réceptacle de toutes les misères présentes et à venir, élevés dans la même atmosphère, courant les mêmes risques, sujets aux mêmes tentations.

Cette petite portait-elle le sceau d'une sélection, celle à qui appartenait le père inconnu.

Fleur délicate, croissant dans l'humus de la rue, bouton d'un rosier germé au parterre aristocratique et égaré dans un terrain sans culture.

L'accusateur public recueillait chaque parole.

Ses yeux morts se levaient par-dessus l'assistance, par-dessus cette jeune tête qui ne se baissait que pour se redresser, les yeux bleus se fonçant entre les cils sombres, et rencontraient parfois sans les voir les yeux bleus de Maître Violette Chanteleau.

## MADAME GIROT PARLE

Le Président ne s'adressait plus qu'à Mme Girot.

— Quel est le signe auquel vous venez de faire allusion ?

— Des grains de beauté qui font une croix en bas de l'épaule.

— Parlez-nous de sa mère... Vous n'en avez pas encore dit un mot.

— C'est qu'il y a des années, depuis le commencement de la guerre, que je n'ai plus connu rien d'elle...

— Mais sa mentalité ?... Elle pourrait expliquer celle de sa fille.

— Elle avait sa tête aussi... et puis ça l'avait rendue à moitié folle d'être laissée là, une fois dans l'embarras... il y en a eu une histoire !... on aurait sûrement été dans les journaux, si ça ne s'était pas passé le jour de la mobilisation...

— Racontez rapidement... notre temps est compté.

— Voilà !... La petite avait trois ans... elle la prenait très vite en grippe, la pauvre gosse, si jolie et si intelligente ! Le matin, elle voit dans un journal, à l'annonce des mariages, le nom du père... Ça y est, le coup de folie... Elle fait faire, chez la fleuriste d'à-côté, un bouquet de fleurs blanches et de fleurs jaunes, elle s'attiffe, elle attiffe sa fille ; moi je les suis pour essayer de la retenir. Nous arrivons en tramway à la place Victor-Hugo, — un quartier plus chic que le nôtre ; il y avait deux mariages à l'église Saint-Honoré-d'Eylau... Elle se trompe, c'est vers les seconds mariés, qui n'étaient pas ceux qu'elle croyait — les autres étaient déjà partis — qu'elle veut pousser Ginette, à qui elle a mis le bouquet dans les bras...

« Un agent la refoule hors des curieux... et... Ah! je verrai toujours ça... toujours... ça me poursuit encore les nuits... un taxi qui l'envoie, avec son enfant, sur le trottoir... Ginette, tombée dans du sable, n'a rien eu... elle, on l'a crue tuée... sa tête avait porté, on l'a conduite à Beaujon... Dans son délire, elle répétait les mêmes choses, des choses sans suite...

« C'est à la mariée qu'il fallait donner Ginette... c'est à elle, c'est sa fille... » de la fièvre, quoi ! Sortie de l'hôpital, elle prétendait la mettre à l'assistance publique... dispute sur dispute... elle s'en est allée dans le Midi, infirmière dans une ambulance, et elle ne m'a plus donné de ses nouvelles du tout. Alors, j'ai élevé la petite sous les zeppelins, les gothas et les berthas... Avec Tintin ils faisaient des parties de cache-cache dans les caves.

Mme Girot avait débité cela d'une haleine ; sa voix, basse d'abord, s'élevant peu à peu.

Elle mit tout à coup ses mains devant ses yeux :

— J'ai vu ça, oui, j'ai vu ça !... ma fille, la tête fendue, la petite sur le tas de sable... Le bouquet était resté dans son bras... Et maintenant, la voilà ici, ma Ginette... ici... Ah ! que j'en ai eu du malheur, mon Dieu ! que j'en ai !

Un déchirement de sanglots, un écroulement sur le siège où on l'invitait à se rasseoir.

Des mots sortaient entrecoupés :

— Qu'est-ce qu'elle a bien fait... qu'est-ce qu'elle a bien pu faire... Ginette... ma petite-fille... Ginette... dis-le !

La petite voix cria :

— Rien, grand'mère, je n'ai rien fait... rien!

— Dites comment ce sac était entre vos mains, ordonna le président.

— Je l'ai trouvé...

— Comme lui, le billet de cent francs ?

— Oui.

— Ce n'est pas vrai !

— Je ne suis pas une menteuse.

— Vous l'êtes en ce moment... et vous faites marcher votre camarade, comme vous l'avez toujours fait marcher... Si vous ne dites pas immédiatement la vérité, l'un et l'autre, je vous envoie, je vous le répète, à la maison de correction...

Dépêchez-vous, car une fois le jugement rendu, on ne peut pas y revenir.

Mme Faucheux se tourna vers son fils, violente :

— Tu vas parler, hein ! Tu vas parler... Elle a raison de l'appeler imbécile ; tu es dix fois imbécile, si tu te tais, parce qu'elle t'a dit de te taire !

— Comment peux-tu me faire tout ce chagrin-là, voyons, tout ce chagrin-là... mon Tintin... mon dernier...

Tintin fondit complètement en larmes.

Il regardait Nénette de côté ; l'emprise était encore la plus forte.

— Vous êtes tout simplement deux voleurs ! tonna le Président... Monsieur le substitut, veuillez nous donner votre avis sur l'application de la peine.

### LES AVEUX

E substitut prononça, peut-être sans conviction les paroles implacables :

— En maison re correction.

Ses prunelles, tournées du côté de ceux qu'il ne voyait pas, semblaient, de leur regard mort, planer sur eux. Le front barré par les sourcils noirs, entourés des cheveux blancs en brosse, gardait son calme.

Les enfants le considérèrent terrifiés.

— Maître Violette Chanteleau, je vous donne la parole.

Maître Violette Chanteleau se dressa.

Sa pâleur s'anima, ses yeux, d'un bleu si profond, qu'ils semblaient noirs, lancèrent une flamme, elle parla...

Ce fut bref...

— Monsieur le Président, j'ai accepté, au dernier moment, Maître Madeleine Siraud étant malade, de défendre ces deux enfants ; ils n'en ont pas dit plus à Maître Siraud que ce qu'ils viennent de dire ; son impression est assurément la vôtre, elle corrobore la conviction, et la conviction absolue, qui vient de naître en moi : ces deux accusés ne sont coupables d'aucun vol et pas même de ce qui constitue le délit de vagabondage... Instruments inconscients entre les mains de ceux, internationaux ou non, qui répandent, en faisant des bénéfices illicites, le poison qui contribue à l'amoindrissement de la race, ils n'ont été, je le répète, que des instruments des commissionnaires, heureux de l'aubaine que cela leur rapportait... Ni l'un ni l'autre n'avait, jusqu'à présent, donné aucun sujet de plainte, leurs mère et grand'mère sont de braves travailleuses qui sauront maintenant les surveiller davantage... Je demande au Tribunal, s'il ne prend pas le parti de les rendre à leur famille, de leur épargner cette peine, trop grave pour la faute... Cette peine que le Tribunal ne demande d'ailleurs qu'à écarter d'eux... et que Monsieur le substitut ne requerra définitivement que s'ils s'obstinent à garder un silence qu'on leur a certainement imposé... Ont-ils bien compris que le seul moyen d'éviter qu'on ne les enlève aux leurs, est de raconter ce qui s'est passé ?... Voulez-vous bien, Monsieur le Président, me permettre d'insister sur ce point auprès de vous et de vous demander de leur poser cette question : « Mes enfants, que vous a-t-on promis pour vous taire ? »

Le pâle visage de l'avocate se tournait vers ses jeunes clients.

Ils la regardaient tous les deux.

Les yeux bleus rencontrèrent encore les yeux bleus, ceux de la femme pesèrent sur ceux de l'enfant, et la fillette répondit à cette question directe du Président :

— Que vous a-t-on promis pour vous taire ?

— De nous emmener en Amérique pour faire du cinéma... Moi, je veux être une star... Tintin un Charlot... On partirait vers le printemps... Oui, c'est parce qu'on nous a promis ça qu'on n'a point parlé...

— Qui vous a promis ça ?

— Un monsieur et une dame.

— Ce sont leurs commissions que vous faisiez ?

— Ce n'étaient pas eux qui nous donnaient les stylos, ni les fleurs, ni qui disaient où il fallait les porter.

— Qui était-ce ?

— Un autre homme et une autre femme.

— Qui causaient comme des Boches, appuya Célestin Faucheux, enhardi depuis que celle « qui le faisait marcher » parlait.

Le Président répéta :

— Qui était-ce ?

— Ça..., pour de vrai, cette fois, on ne sait pas.

— Et il y a longtemps que vous faisiez ce manège-là ?

— Non, Monsieur, dit Nénette.

— Non, monsieur, fit Tintin.

— Combien ?... Parle, toi, parle seul, Célestin Faucheux.

Célestin Faucheux se contenta de regarder sa camarade.

— Tu peux y aller, permit celle-ci, on entrera tout de même au cinéma, va !

— Depuis cet hiver... depuis la Toussaint, pas, Nénette ?

— Justement.

— Pas plus ?

— Non, monsieur le Président.

— Comment vous ont-ils connus ?

— Ils nous achetaient chaque soir l' « Intran » et la « Liberté »... pas, Nénette ?... Une fois qu'on avait fini de bonne heure, ils nous ont payé le ciné, pas, Nénette ? C'était l'homme qui parlait boche, pas...

— Pas, Nénette ? coupa le Président, interrogeant la jeune personne : continuez, vous... et surtout ne dites pas à chaque parole : pas, Tintin ?...

Sérieuse, un peu apitoyée, la gamine prononça :

— On est si habitué ensemble... et puis, il a la trousse... il est comme ça... Sa tante, il paraît que c'est une peur qu'elle a eue... il s'en est senti...

Elle disait cela comme une femme l'eût dit.

Et l'attention continuait à se concentrer sur elle, étrange petit produit, distingué dans sa vulgarité, son ruban vert en bataille, suivant la boucle de ses cheveux, qui tantôt effleurait son front, tantôt s'en allait en arrière, très décidée, rebelle on le sentait, avec la douceur de ses traits, à une contrainte quelconque.

— Vous les reconnaîtriez, ces gens-là ? interrogea le Président.

Même exclamation des deux, la seconde en écho à la première :

— Pour sûr !

— Pour sûr !

— Où vous donnaient-ils rendez-vous?

— Au métro Pigalle... ou bien au Cinéma... ou bien on allait...

— On allait ?...

Nénette serrait la bouche, la promesse faite, surtout celle qu'on lui faisait à elle — l'emmener en Amérique, où elle deviendrait une « star », — troublait-elle à la fois sa conscience et ses espoirs ?

— On allait ? répéta le terrible interrogateur.

— En auto... oh ! seulement une fois, c'est là qu'on a vu priser...

— Moi, je n'y ai pas été, protesta Tintin.

— C'est vrai ? demanda la voix qui redevenait dure.

— Non, il n'est pas venu... C'est la dame qui voulait m'emmener en Amérique qui m'a prise avec elle... Tous les gens qui étaient là m'ont dit que j'étais jolie et qu'il ne fallait pas que je devienne ouvrière... On m'a fait manger des gâteaux et boire du champagne... Il y avait un monsieur qui voulait m'embrasser ; j'ai crié ; je n'aime pas ces manières-là ! La dame s'est fâchée, et puis une autre dame m'a serrée dans ses bras... Et voilà que tout d'un coup, quelqu'un a parlé au téléphone... tout le monde est parti... On se bousculait, personne ne faisait plus attention à moi... Le petit sac gris était tombé dans l'escalier, je l'ai ramassé, j'avais remarqué la personne à qui il appartenait ; je l'aurais rendu le lendemain... Moi, j'ai repris le métro jusqu'à Pigalle, c'était le dernier ; Tintin m'attendait... On a fermé la grille... nous avons ouvert le sac, puis la petite boîte à poudre blanche et nous nous en sommes fourré dans le nez, tant que nous avons pu... Maintenant, je ne sais plus rien, mais plus rien...

C'était plausible.

— Pourtant, une autre question :

— Reconnaîtriez-vous la dame au petit sac gris?

— Peut-être, parce qu'elle me regardait tout le temps, elle aussi m'a dit que j'étais jolie...

— Comment était-elle, cette dame ?

— Grande, avec une robe très décolletée... décolletée dans le dos jusqu'à la taille... et de beaux cheveux noirs et des yeux noirs qui brillaient... Oh! oui, je la reconnaîtrais...

### « MA FILLE ! »

DANS la tribune des délégués, la jeune femme au chignon roux s'était levée brusquement.

Les cheveux ardents, ramenés sur les tempes en boucles frisées court, d'autres bouclettes effleurant les sourcils sous le toquet qui, suivant la mode, lui emprisonnait complètement la tête, elle était bien la cliente qui la veille venait faire à Mᵐᵉ François Chanteleau, les confidences incitant celui-ci à l'envoyer au docteur Karel.

Elle quitta la place qu'elle prenait seulement à la réouverture de l'audience et, s'avançant à la barre d'une voix à peine altérée :

— Monsieur le Président, je vous prie de m'excuser, je cherche depuis huit ans ma mère et ma fille, je les retrouve ici... Maman, me reconnais-tu ?

La mère eut un sursaut violent :

— Ma fille était brune...

— Ta fille a eu la fantaisie d'être rousse... Elle pourra avoir celle de redevenir brune.

— Yvonne, mais oui... Ah ! mais oui... C'est toi !... c'est toi... Ah ! mon Dieu... le hasard !

La pauvre femme eut le geste de tendre les bras, puis de nouveau s'écroula avec des sanglots; de la joie cette fois, mais de la joie dans une surprise si forte qu'elle en était douloureuse.

— Ta mère, faisait-elle, en se tournant vers Ginette, ta maman... ma Nénette, ta maman !

Et la petite, froide, elle, dans sa surprise, agrandissait ses prunelles bleues, fixées sur les prunelles noires, ces prunelles dures voilées maintenant de beaucoup de douceur.

Cela, c'était bien le coup de théâtre.

Une minute encore de silence, coupé par les sanglots de la grand'mère.

Yvonne Girot parla, se retournant vers les juges.

— Je suis digne de prendre ma fille, dont des circonstances plus fortes que ma volonté m'ont séparée... Il y a quatre ans que je fais rechercher ma mère qui avait changé de quartier sans laisser d'adresse... En souvenir de Ginette, à laquelle mon ignorance sur son sort m'attachait d'autant plus que ma situation me permettait de la rendre heureuse, j'avais pris comme but de m'occuper des enfants et, ayant entendu parler de l'Œuvre du Foyer, justement par M. le substitut de la Grange, qui fut dans mon service d'infirmière et qui requiert aujourd'hui contre ma fille, je m'étais inscrite comme membre actif : pour la première fois, je suis entrée ici, tout à l'heure... Je demande au Tribunal de me donner mon enfant...

M. le substitut de la Grange ne prononça pas une parole.

Il attendait la réponse du Président.

Les yeux toujours « en haut », ce regard des aveugles qui monte, semble-t-il, avec la voix qu'ils entendent, ne virent point le visage de marbre de Mᵉ Violette Chanteleau, pâlir encore, le bleu de ses yeux se faner, tandis que de ses lèvres sans couleur, tombaient les syllabes qui constituaient son nom.

— Monsieur le substitut de la Grange.

Le Président et ses deux assesseurs, ces derniers penchés du côté du premier, tenaient le conciliabule qui allait déterminer le jugement et ses attendus.

Ce fut net, articulé en quelques phrases.

Les deux enfants resteraient confiés à l'Œuvre d'assistance du « Foyer », jusqu'à ce que sorte, à la correctionnelle, une affaire de « stupéfiants » à laquelle venaient s'ajouter chaque jour de nouveaux éléments.

L'un et l'autre, pouvaient en effet à un moment donné aider l'action de la justice et ne devaient pas être rendus immédiatement à une liberté qu'en dépit de toute leur bonne volonté, leurs parents n'arriveraient pas à contrôler suffisamment.

Ce fut une stupeur du côté des petits, puis des pleurs, des lamentations, une révolte, Nénette criant :

— Je veux aller avec grand'mère ! je veux aller avec grand'mère !

Le substitut avait quitté son siège, le tribunal se retirait, les gardes emmenaient les enfants, l'un toujours passif, l'autre qui résistait.

La jeune femme au chignon roux sortait avec sa mère et Mme Faucheux, les deux premières pleurant comme les enfants, la dernière les sourcils rapprochés sur ses yeux noirs où se lisaient la déception et la colère, peut-être aussi l'inquiétude.

Maître Violette Chanteleau resta dans la salle, comme figée.

## DEUXIÈME PARTIE

### LE SECRET DE GINETTE

LA fête et vente de charité au profit de l'Œuvre du Foyer des Enfants battait son plein.

On défilait devant la Crèche emplie de la senteur âcre des sapins; la bonne vache laitière qui figurait le bœuf et le petit âne gris, habitué à trotter au marché, ne semblaient ni l'un ni l'autre s'étonner de la transplantation et réchauffaient tout naturellement de leur haleine le nouveau-né divin, vers qui se tendaient les curiosités enfantines.

Le gigantesque arbre de Noël se dégarnissait au profit des mioches qui n'en voyaient jamais chez eux, tandis qu'aux comptoirs de vente, effets, jouets, bibelots de toutes sortes, offraient leurs attractions à ceux dont les parents collaboraient, par une dépense proportionnée à leurs disponibilités, à l'œuvre régénératrice.

Ce à quoi il fallait arriver ?

L'aide régulière, constante, aux familles nombreuses, quand la famille n'apporte pas par elle-même la prospérité au logis.

Partout, à la campagne, à la ville, dans la bourgeoisie, chez le pauvre, des têtes blondes, des têtes brunes est non seulement la récompense aux pères et mères des familles nombreuses, mais la récompense aux aînés, à ceux qui donnent au logis leur gain précoce, aux sœurs, aux gamines qui sont des enfants et élèvent autant que leurs mères, les petits qui s'échelonnent derrière elles.

La veille, le soir même du réveillon, dans le quartier des « Enfants en tutelle », un grand sapin, garni jusqu'en haut, avait livré à chacun son cadeau.

Puis des voix déjà éraillées, des voix qui sentaient les fortifs, voix étonnées, bientôt ferventes, avaient répété :

*Noël ! Noël !*
*Voici le Rédempteur !*

Aujourd'hui, l'immense réfectoire du couvent se transformait en salle des fêtes, l'arbre étincelant atteignant presque le plafond, à une extrémité ; — à l'autre, l'estrade surmontée d'un Pleyel à queue pour le concert ; les côtés pris par les comptoirs où les vendeuses se démenaient et une porte à deux battants ouverte, laissant voir, en face, au delà d'une allée bordée de fusains très verts, une autre porte béante, l'étable tout illuminée, avec le décor séculaire de la grande légende.

Et voilà qu'une admirable voix, une voix d'homme, celle d'un artiste de l'Opéra qui voulait, comme plus d'un apporter son concours à l'Œuvre, entonna pleinement ce « Noël » d'Adam où le compositeur, heurté par la vie, déçu, malheureux, a mis tout l'espoir d'une prière, toute la force d'un ordre, l'ardeur d'une conviction qui devait résonner aux quatre coins du globe :

*Minuit ! chrétiens ! c'est l'heure solennelle,*
*Où l'Homme-Dieu descendit jusqu'à nous,*
*Pour effacer la tache originelle,*
*Et de son père, arrêter le courroux.*
*Le monde entier tressaille d'espérance,*
*A cette nuit qui lui donne un sauveur.*
*Peuple, à genoux ! attends ta délivrance !*
*Noël ! Noël ! Voici le Rédempteur !*

Là comme dans le second corps de bâtiment, au jardin séparé par un mur, du jardin qui formait l'entrée du couvent, le grand sapin s'était dégarni.

Les petites bougies consumées s'éteignaient une à une, laissant tomber des gouttes brûlantes, roses, bleues jaunes, dans les aiguilles vertes.

La foule s'écoulait.

Il ne resta bientôt plus, à part le personnel chargé d'établir un ordre relatif, dans l'ancien réfectoire, qu'un groupe formé par le Directeur et par quelques-uns de ses principaux collaborateurs.

Mme Jean Karel et Mme François Chanteleau, avec leurs maris, la première essayant de rassembler ses quatre petits qui, en compagnie d'autres enfants que leurs parents appelaient vainement du jardin, se poursuivaient derrière les comptoirs en jetant des cris d'allégresse.

Tandis que le docteur et l'avocat causaient, Mme Chanteleau se dirigeait vers une des portes de sortie, pour gagner la grille qui séparait les principaux bâtiments de l'ancien couvent, de la première annexe, réservée aux filles qu'envoyait à l'Œuvre le Tribunal d'Enfants.

Toujours pâle, sous ses cheveux blonds, son chapeau de crêpe, au liséré blanc, la jeune femme semblait, avec le rapprochement de ses sourcils, au-dessus des yeux qui se fonçaient, animée d'un calme résolu.

Elle ouvrit la grille en appuyant sur la serrure, à un endroit qu'il fallait connaître, la referma derrière elle, et s'avança dans la cour éclairée seulement par deux becs de gaz.

Habituée de l'établissement, où elle avait, n'importe à quel moment, ses entrées, elle monta un perron de quelques marches, sonna et traversant un vestibule servant de vestiaire, des manteaux et des chapeaux accrochés aux patères, pénétra dans le réfectoire.

On dînait, ce jour-là, plus tard que d'habitude, les pensionnaires n'y étaient point encore.

Des voix dans le parloir, de l'autre côté du vestibule.

Mme Chanteleau y pénétra, puis fit un pas en arrière.

Il y avait là une surveillante, deux femmes et une petite fille.

Des deux femmes, l'une était la grand'mère qui, à la dernière séance du Tribunal d'enfants, réclamait sa petite-fille ; l'autre, plus jeune, était celle qui s'était levée pour se déclarer la mère de Ginette.

La fillette, c'était Ginette.

— Maître Chanteleau, fit la surveillante en se retournant.

Celle-ci avait attiré de côté, d'un geste rapide, le voile de crêpe anglais qui lui pendait jusqu'à la taille. Il lui dissimulait, à présent, une partie du visage.

Elle inclina un peu la tête et allait repasser le seuil.


LA GRÈVE DE LA FAIM

LA jeune femme eut un geste qui priait.

— Oh ! madame, vous n'êtes pas de trop... Voilà, paraît-il, une enfant qui, depuis hier, n'a pas voulu manger...

Et la surveillante, appuyant :

— Rien du tout... Si elle ne mange pas ce soir, il faudra que le docteur s'en mêle... On la fera manger de force.

La fillette, très droite dans sa minceur, l'œil décidé, sans hardiesse, le petit visage douloureux, répondit par la phrase qu'elle rééditait depuis son entrée :

— Je ne veux pas rester ici.

Et la grand'mère, désolée, renfonçant des larmes prêtes à partir :

— Plus tu seras gentille, plus vite tu reviendras chez nous.

Mme Chanteleau s'approcha.

Elle mit son regard dans celui de l'enfant.

— Elle comprendra, je lui parlerai... Vous voulez bien que nous causions toutes les deux, Ginette ?

Ces prunelles, si bleues, sur les siennes, du

— Nous ne pouvons rien contre l'arrêt du tribunal
(p. 25.)

même azur, eurent-elles l'autorité d'un ordre, ou celle de la persuasion ?

Ginette murmura :

— Oui, madame.

L'avocate se tourna à demi vers les deux femmes.

— Voulez-vous aujourd'hui la laisser ?... Quand vous reviendrez, elle sera plus raisonnable.

Avec une espèce de violence qui pouvait passer pour de l'emportement maternel, celle qui, la veille, donnait son nom : Yvonne Girot, saisit dans ses bras le buste gracile, d'une main approcha de son visage la tête qui résistait, mit plusieurs baisers sur le front, répétant :

— Mais, embrasse-moi donc, toi!... embrasse-moi!

— Je ne vous connais pas...

— Je suis ta mère, ma chérie, ta mère...

Nénette se dégagea pour se jeter au cou de sa grand'mère.

— Non, la voilà... Elle ne m'a pas laissée, elle...

Cela disait, et le ton plus encore, la rancune d'un cœur qui se ferme à un sentiment que rien n'a fait naître, la réponse hostile à une démonstration qui arrivait trop tard...

« Tu ne t'es pas souciée de moi... Je ne te connais pas... »

Mme Chanteleau regardait.

C'était l'enfant que ses yeux dévoraient.

Et, tout à coup, la « mère » se plaça devant elle.

— Madame, je vous en prie, comment dois-je agir! Cette petite, il faut qu'on me la rende... Il y va d'un intérêt majeur... Je suis allée voir votre mari, il y a deux jours, je lui ai tout confié... Je voudrais tout vous dire aussi... Vous, une femme, vous comprendriez mieux, vous sauriez peut-être trouver quelque chose...

Un geste l'arrêta, suivi d'une phrase sans appel.

— Nous ne pouvons rien contre l'arrêt du Tribunal; vous n'aurez votre fille que lorsque le grand procès des stupéfiants sera jugé.

Une contraction violente bouleversa les traits maquillés.

— Dans combien de temps? interrogea-t-elle.

— Cela durera, au minimum, deux ou trois mois...

— Deux ou trois mois... et... je répète... il y va d'un intérêt majeur.

Une émotion plus intense encore, se refléta sur le visage, tandis que les paupières battirent.

— Je dois même vous demander de rester une quinzaine, au moins, sans venir... Il faut que cette enfant s'habitue... c'est la règle, prononça la surveillante.

— Une quinzaine!

L'exclamation jaillit des deux bouches ; l'aïeule levait les bras, sa fille avait un recul.

Celle-ci protesta sur un ton de révolte et d'autorité :

— Je fais partie de l'Œuvre, et je ne me conformerai pas à cette règle, qui n'est pas faite pour moi.

— Madame... Alors, vous voudrez bien vous adresser à Monsieur le Directeur.

— Je m'adresserai d'abord à vous, Madame, fit-elle, tournée vers Mme Chanteleau j'en appelle à votre cœur de mère, si vous avez des enfants.... Je retrouve ma fille que j'ai cherchée pendant des années, un tribunal qui eut pu me la rendre — je vous assure qu'elle aurait été aussi surveillée qu'ici, — m'en sépare... On m'apprend que cette séparation peut durer trois mois... et... alors que je deviens un des soutiens de l'Œuvre, on met une barrière entre ma fille et moi!

En matière de conclusion, elle ajouta :

— C'est plutôt raide!

Et Mme Chanteleau, avec beaucoup de calme :

— Je ne puis que vous conseiller aussi de vous adresser à Monsieur le Directeur.

L'avocate avait levé son regard sur celle qui se réclamait de son influence.

Leurs yeux se rencontrèrent.

Ceux de la mère de Ginette, les yeux noirs, brillants, pleins de colère, se couvrirent d'un voile, puis s'allumèrent d'une curiosité.

## PRÈS DES AVEUX

COMME c'est bizarre! prononça-t-elle.

— Quoi donc! interrogea, sans que son visage changeât d'expression, la mère qui pleurait ses petits.

— Il y a... il y a des ressemblances... ou plutôt des visages qui évoquent des ressemblances... la deuxième fois, depuis treize ans... et je crois que la première... Je me suis trompée aussi... Ça ne pouvait pas être... des conditions si différentes... Excusez-moi... mais... je le répète... je voudrais vous dire tout... à vous...

— Tout... Plus que vous n'en avez dit à l'audience, Madame?...

— Peut-être...

— Voulez-vous que nous passions à côté? Tenez... c'est la salle du Comité dont je fais partie... et il n'y a personne aujourd'hui.

— Allons...

— Cependant... mon mari m'attend. Il vaudrait mieux remettre à un autre moment.

— Oui... il vaudrait mieux... je... je ne sais plus... depuis hier... retrouver ma fille et ma mère, dans de pareilles conditions... être repoussée par ma fille... la voir ici... et... Il faut que vous m'aidiez, Madame... Quand pourrez-vous me recevoir?

— Je suis chez moi, en général, de cinq à sept... Pourtant, si vous avez pris mon mari pour guide...

— A ce moment-là, je ne soupçonnais guère l'événement du Tribunal d'enfants... Il m'avait envoyée au médecin qui a fait la conférence de cet après-midi... le docteur Karel, je crois...

Une porte, celle qui donnait sur le vestibule, s'ouvrit.

Un homme entrait.

— Le docteur Karel, présenta Mme Chanteleau.

Et, au docteur :

— Madame est la personne que mon mari voulait, me dit-elle, vous envoyer.

— Ah!..

Cette simple exclamation contenait une réticence, dont celle qui en était l'objet devait soupçonner la nature.

Ce médecin ne pouvait-il pas découvrir le vice caché qu'elle avouait à l'avocat, parce que celui-ci deviendrait son défenseur.

Mais un médecin est aussi un confesseur...

— Madame, dit le docteur Karel, je serai à votre disposition chez moi, comme vous l'a dit Maître Chanteleau.

— Je m'y rendrai, docteur.

Ce dernier s'adressa à Mme Chanteleau.

— François vous cherchait, j'ai pensé que vous étiez ici, nous partons, n'est-ce pas?

— Oui... lorsque Ginette m'aura promis de dîner ce soir.

— De dîner... Mais je le pense bien qu'elle dînera. Vous ne vouliez pas dîner, mon enfant.

L'enfant, dont le visage s'était détendu, reprit sa physionomie fermée en répondant :

— Je veux aller avec ma grand'mère.

— Vous voyez; pour cela il ne faut pas faire la mauvaise tête... Entends-tu? petite fille?... Je suis un papa quand on est raisonnable... Quand on ne l'est pas, je deviens le docteur qui sait bien se faire obéir.

Mme Chanteleau s'interposa.

Caressant d'une main les cheveux de la fillette, de l'autre prenant une des siennes, elle plongea encore son regard, dans le regard bleu, voilé comme le sien, de cils sombres.

Le médecin les regardait, tandis que la grand'mère et la mère se concertaient tout bas, se décidaient mutuellement à partir.

Il fallait calmer Ginette au lieu de l'exciter.

La jeune femme se promettait bien d'arriver à forcer la consigne.

Jean Karel restait immobile, à trois pas de celle qu'il appelait Violette, son ménage et celui des Chanteleau, étant unis comme frères et sœurs.

A peine avait-il vu, en traversant, au début de l'après-midi, la section des garçons, puis celle des filles, dans le quartier des enfants en tutelle, les deux nouveaux venus : Nénette et Rintintin.

Il dévisageait la fillette.

Quelle petite tête fine, un profil de camée.

Le visage de Mme Chanteleau se détachait, grave et doux, près de celui de Nénette.

La jeune femme, blonde, l'enfant châtain foncé, presque brune, avec un léger reflet doré.

Il se tourna vers cette autre jeune femme, violemment teinte, aussi violemment fardée, décolletée, bras nus jusqu'aux épaules, sous son manteau de tourrures, les yeux extraordinairement brillants, soulignés de khôl, vulgaire et attirante, qui représentait assez bien, malgré le blond ardent d'aujourd'hui, dans son souvenir devenu moins vague, la grande brune criant dans la salle des accouchées :

— Il faudra bien qu'il m'épouse !

Violette disait :

— Elle obéira, docteur, vous pouvez en être sûr, elle est trop intelligente pour ne pas obéir... N'est-ce pas, Ginette, vous serez raisonnable... vous me le promettez ?

Ginette fit oui de la tête.

Puis, aussitôt, reprit :

— Je n'ai rien fait, Tintin non plus, seulement des commissions... pourquoi nous met-on en prison ?

— Vous n'êtes, ni l'un ni l'autre, en prison... Dites-vous qu'ici c'est un pensionnat, où l'on n'est pas plus mal que dans beaucoup de pensionnats et où on ne vous laissera sans doute pas longtemps... Si vous aviez avoué de suite la vérité, vous n'y seriez pas venus... Il faudra que vous alliez, maintenant, devant de grands juges... et si vous reconnaissez les gens qui vous faisaient faire leurs commissions, le dire... Après vous serez libres...

La grand'mère et la mère se rapprochèrent.

La première serra dans ses bras sa petite-fille.

— Tu seras gentille, hein ?

— Oui.

— Ça ne t'avancerait à rien de ne pas l'être.

— Je sais bien.

La mère, à son tour, allait l'étreindre.

Ginette recula :

— Eh bien, quoi ?... Non..., tout de même, ce serait trop fort... Aurais-tu un mauvais cœur ?


## LA MAIN DE FATHMA

A petite ne répondit rien, se laissant embrasser. Son regard semblait attaché à la chaînette, qu'en se baissant, celle qui était sa mère et qui « l'avait laissée », faisait sortir de son décolleté.

Au bout de cette chaîne d'or, une étrange breloque, une petite main, en or aussi, qu'en se redressant, Yvonne Girot refit glisser dans sa poitrine.

Nénette ne rendit point les baisers.

Machinalement, elle murmura :

— Au revoir.

Les deux femmes, se retournant avant de franchir la porte, étaient sorties...

La fillette prononça :

— La dame qui m'a embrassée dans la maison où on prenait de la cocaïne... la dame qui a perdu le petit sac gris... eh bien...

— Eh bien ? interrogea vivement le docteur Karel.

— Elle portait ça, au cou... je n'avais jamais vu ça.

— Quoi, ça ?

— La petite main...

— Ah !... au bout de la chaîne...

Mme Chanteleau interrogeait le médecin du regard.

Celui-ci répondit :

— Le fétiche musulman, la main de Fathma.

La voix d'argent ajouta :

— Mais elle avait les cheveux noirs, la dame qui a perdu le petit sac gris.

La porte du parloir s'ouvrit.

François Chanteleau, sur le seuil, demanda :

— Partons-nous ?

Les Chanteleau allaient dîner tout à fait dans l'intimité, en quittant la rue de Vaugirard, chez les Karel.

Les aînés des enfants, deux garçons, quittaient la table aussitôt après le dessert ; leurs sœurs, des bébés, étaient au lit depuis longtemps.

La conversation devait, naturellement, rouler sur la fête de l'après-midi, sur l'Œuvre, ses ressources, son but, et sur la Grande Marotte, grande par un grand G, marotte par un grand M, comme disait l'avocat, de ce brave docteur, qui prêchait d'exemple.

L'intérêt de l'entretien se corsait de celui que suscitait ce que Karel appelait « deux numéros » comme on n'en avait jamais vus, les dénommés Nénette et Rintintin.

Nénette, l'étrange fillette asservisant déjà la faiblesse de Rintintin à sa volonté à elle, volonté qui n'avait pas encore entièrement capitulé.

— Il y a une réserve, dans cette petite tête, affirmait Karel, cette gamine n'a pas tout dit.

— Tu crois ? demandait Chanteleau, qui avait à peine vu la petite.

— Certainement... Je ne prétends pas que cette réserve soit de nature à éclairer complètement la prochaine affaire de cocaïne... Mais, il est une chose, relative ou non, à cela d'ailleurs, qu'elle conserve par devers elle... Je me défie beaucoup des enfants, surtout des fillettes de cet âge, qui, déjà, sont moitié femmes... et dépassent, comme celle-là, l'intelligence moyenne... Tu sais combien je m'intéresse aux gosses...

Et Jean Karel ajouta, en riant :

— Repopulation à part.

L'enfance pervertie me prend, je ne dirai pas de la même façon, mais plus intensivement... Tout médecin doit être un sociologue, et tous les pères et toutes les mères, qui ont le bonheur de pouvoir élever leurs enfants dans les conditions d'aisance et d'hygiène qui les mettent en état de soutenir moralement et physiquement le combat de la vie, devraient être des sociologues... Hors de la famille même, hors des siens, à qui il faut donner le meilleur de soi-même, il y a les autres...

— Ne suis-je pas de ton avis complètement, mon cher ?

— Alors... si tu es tant de mon avis que cela... ayez un autre bébé... qui vivra celui-là...

Violette avait-elle entendu ?

Elle s'approcha, en s'adressant à Jean Karel :

— Vous avez raison, mon ami, l'avenir est encore à nous... Rien n'efface ce qui est ineffaçable... mais il y a tant de choses à faire, que peut-être... un peu de bonheur... sera-t-il la récompense... si toutefois l'effort mérite la récompense.

Puis, mettant la tête sur l'épaule de son mari :

— Nous laisserons à leur place les miniatures trop vraies de nos deux chéris... ils ne seront plus le désespoir, mais le réconfort... Nous aurons du courage... j'en aurai... je le jure... j'en aurai en les regardant.

☆<br>☆

Elle retourna s'asseoir auprès de Mme Karel.

Dans l'un des dortoirs de la rue de Vaugirard, une pièce brillante de propreté qui ne contenait que quelques lits très blancs, la porte ouverte sur un grand couloir, éclairé suffisamment pour que la surveillante de nuit pût y passer, s'arrêter ou entrer dans une chambre ou dans l'entrée s'il y avait lieu — Ginette était assise sur cette couche où elle allait passer sa deuxième nuit.

La première nuit, recrue de fatigue — et d'émotions, malgré son air crâne — la petite Girot, comme on l'appelait, à l'autre bout de Paris, le quartier populeux où elle avait grandi, lorsqu'on ne disait pas Nénette, avait dormi à poings fermés.

Ce soir minuit, elle commençait seulement à sentir le sommeil.

Les pleurs l'amènent, le sommeil, et elle avait beaucoup pleuré.

Maintenant, les poings sur ses yeux, c'était l'accalmie et la réflexion qui allait sombrer dans l'oubli des paupières closes sur les sombres yeux bleus.

Elle ôta ses poings de son visage et par l'échancrure de sa chemise, elle glissa sa main derrière son épaule.

A peine une seconde d'attouchement, ses doigts sortirent de l'encolure déboutonnée.

Ginette tomba sur l'oreiller.

Le sommeil s'abattant sur elle, lui laissa pourtant murmurer :

— Ce n'était pas... la fille... de la grande brune... qui avait ça... C'était... c'était...

Ginette avait son secret.

A cette heure, Monsieur et Madame Chanteleau rentraient chez eux.

Dans la chambre conjugale aussi, les deux enfants perdus se retrouvaient.

Des pastels délicieux, assis sur des coussins, des bébés montrant le cou blanc, les bras potelés; ils étaient là au même âge, Françoise à quatorze mois, comme le frère qu'elle n'avait pas connu.

Pour la première fois depuis que la petite fille avait fermé les yeux, la mère s'endormit sans désespoir.

Mais vers le milieu de la nuit, un grand cri.

Réveillé en sursaut, François Chanteleau entendit les mots saccadés qui sortent d'un cauchemar, un cauchemar que sa femme avait eu déjà, et dont elle ne se rappelait pas au réveil.

— Ah!... Ah!... à moi... Ah!... la mer... les vagues... les vagues... Jeanne... au secours.

Elle évoquait encore sa sœur, une sœur aînée qu'elle adorait, morte presque aussitôt son arrivée au Tonkin, en contractant, au chevet de son enfant, la maladie qui les emportait tous les deux.

Ce malheur survenait près de trois ans avant la guerre et Violette de Reybes ne connaissait François Chanteleau, étudiant en droit comme elle, qu'un an plus tard, alors qu'elle habitait rue Notre-Dame-des-Champs, dans une famille qui ne prenait que quelques pensionnaires.

L'amour était né, un amour aussi profond chez elle que chez lui, contre lequel elle avait lutté longtemps, une lutte que l'on ne comprenait pas, auquel elle ne s'était rendue que parce que celui de François devait vaincre à tout prix.

A peine avait-il été une ou deux fois question de ce beau-frère resté à Hanoï, avec qui elle n'avait gardé aucun rapport, toute question d'intérêt entre eux, réglée par des hommes d'affaires, rapidement après le décès de la jeune femme.

Se souvenait-il même de son nom?

Violette éveillée par lui, se rendormit, sous ses baisers.

## LE PÊCHEUR DE SOULAC

E lendemain de Noël, une dame blonde en deuil monta au petit logement occupé tout au fond de Grenelle, au quatrième étage d'une vieille maison ouvrière, par Mme Girot, la femme de ménage.

Mme Girot, prenait avec sa voisine, Mme Faucheux, une tasse de café, sur le coin de la table couverte d'une toile cirée au milieu de la pièce toute petite qui, avec une autre un peu plus grande et un recoin d'un mètre carré qu'on appelait cuisine, composait le logis.

La femme de ménage et la porteuse de pain, braves créatures aussi vaillantes l'une que l'autre, ainsi en tête-à-tête, ne tarissaient pas.

Elles parlaient, naturellement de leurs enfants.

Dérangées de temps à autre par quelque locataire, éprouvant le besoin de connaître ou de se faire répéter les nouvelles concernant « Nénette et Rintintin », les héros du jour, elles relataient pour les uns et pour les autres, la même chose.

L'événement, le principal, était le grand coup du Tribunal, la mère de Nénette se déclarant, Mme Girot retrouvant sa fille.

— Hein?... on peut dire le hasard... et quel hasard!... Il y en a qui croiront que c'est le bon Dieu, c'est peut-être vrai... mais il nous en fait tant voir, le bon Dieu, que quelquefois on aimerait mieux qu'il ne s'occupe pas de nos affaires... Hein! est-ce vrai?...

C'était Mme Faucheux qui s'exprimait ainsi.

— Que ce soit lui ou pas lui, répond Mme Girot, voilà la situation au clair, avec ma fille et bien embrouillée du côté de ma petite-fille.

— Comme moi du côté de mon garçon... Les deux monstres! nous ont-ils fait passer par des transes!... On a eu tort tout de même Madame Girot, on leur a trop lâché la bride.

— Pour sûr... si c'était à recommencer...

— On ferait peut-être la même chose, surtout vous, avec votre Nénette...

— Parlons-en, Madame Faucheux, si ma Nénette n'avait pas prisé de la coco dans l'escalier du Métro Pigalle, avec votre Tintin, elle n'aurait pas retrouvé sa mère.

— C'est vrai... Ce que c'est tout de même que le hasard.

On heurta à la porte.

— Encore quelqu'un! Ah! non, pour le coup je ne réponds plus.

Les deux femmes eurent réciproquement le geste commandant le silence.

Nouveaux coups plus pressés.

— Pardié! on nous a entendu parler, murmura la porteuse de pain.

— Entrez! cria d'une voix aigre, la grand'mère de Nénette.

Et comme on frappait de nouveau :

— Vous n'avez qu'à tourner la clé.

On tourna la clé.

Sur le seuil, la porte poussée doucement, parut une jeune femme en noir.

Mme Girot reconnut la dame, qui dans sa robe à larges manches, défendait au Tribunal d'Enfants, sa petite-fille, la dame qu'elle retrouvait la veille, vêtue de sa toilette de ville, toilette de deuil comme aujourd'hui, dans le parloir de l'Œuvre de la rue de Vaugirard.

Elle se leva.

Mme Faucheux qui n'avait vu la visiteuse qu'à l'audience, n'en fit autant que lorsqu'elle lui dit:

— Madame a parlé aussi pour Tintin, c'était Madame qu'était l'avocate.

Et, présentant à sa façon, en montrant sa voisine :

— C'est la mère au gamin, c'est Mme Faucheux.

Cette dernière dit :

— Ah! Madame l'avocate, vous n'avez donc pas pu nous les faire rendre ?

— Asseyez-vous, engageait Mme Girot, en avançant une chaise.

— Quel malheur! gémit la porteuse de pain, quel malheur, mon Dieu !

— Ah! oui, quel malheur! appuya la femme de ménage.

— Bonjour, Mesdames, dit la jeune femme en s'asseyant.

Elle ajouta, tournée vers l'une, puis vers l'autre:

— Excusez-moi de vous déranger... Je suis chez Mme Girot ?

— Parfaitement, la grand'mère de la gamine, répondit cette dernière; Mme Faucheux, c'est en face.

— Je m'intéresse beaucoup à ces enfants, que malheureusement je n'ai pu vous rendre... Cela viendra, du reste, dès que ce procès des stupéfiants sera terminé.

— Et quand, Madame, quand, Seigneur de bon Dieu ?

— Dans trois mois à peu près, on vous l'a dit.

— Ah! nous le savons bien, qu'on nous l'a dit.

— Quelle aventure! exclama Mme Faucheux; c'était un gosse qui ne m'avait jamais donné un embêtement, mon Tintin.

— Consolez-vous toutes les deux, Mesdames, vos enfants sont bien où ils sont; ils vous reviendront tout d'abord, en excellente santé.

— Et si la mienne se met à ne plus vouloir manger?... c'est qu'elle en a une de tête!...

— Pour le mien, pas ça à craindre, il ne fera pas la grève, il a toujours faim.

— Tandis que la mienne, c'est un petit appétit... et ce ne serait pas la première fois qu'elle bouderait contre son ventre.

— Elle sera très raisonnable, je vous l'affirme.

— C'est que, Madame, pensez donc, sa situation est faite, maintenant qu'elle a retrouvé sa mère.

La porte s'ouvrit avant que Mme Chanteau eût le temps de répondre.

Une jeune fille, dix-sept ans à peu près, frimousse irrégulière mais piquante, beaux yeux clairs, cheveux châtains, autant de ressemblance qu'une adolescente peut en avoir avec sa mère quand celle-ci a dépassé la cinquantaine, se tint sur le seuil...

— Voilà ma fille Lucie, ma seconde, dit Mme Faucheux; l'aînée est malade... une grande anémie, on me l'a enfin admise dans un sanatorium... Oh! elle n'est pas poitrinaire et il n'y en a pas dans l'établissement... C'est une Œuvre rien que pour les anémiques... elle reviendra bien portante sûrement pour la noce de sa sœur... Car ça n'aura pas lieu avant un an, cette cérémonie-là... Tu amenais ton futur?... Peut-elle le faire entrer Mme Girot ?...

— Pour sûr... A moins que madame l'avocate n'ait à nous parler à toutes les deux, toutes seules.

— Faites entrer, faites entrer, Mesdames, tous les vôtres ne peuvent que m'intéresser... présentez-moi le fiancé de votre fille, madame Faucheux.

— Le voilà!... en chair et en os... bien taillé, hein?... croix de guerre... il a vu tomber Albert, mon aîné... ils faisaient partie de la même compagnie... il est venu nous raconter comment mon pauvre grand avait été tué... Vous pensez s'il a été tout de suite de la famille... puis il est retourné dans son pays, dans la Gironde... Il est marin, il pêche pour son compte, il a un beau bateau, qu'il a appelé « La Lucette »... Hein! que j'aurai un joli garçon pour gendre?.. Il s'appelle Ulric Firmont.

Un beau gars, en effet, grand, bien découplé, l'œil doux et résolu à la fois, qui enleva son chapeau et sans gaucherie, souriant, regarda Lucie.

Heureuse dans le désarroi qu'avait mis chez elle la fugue de « son dernier » et surtout ses conséquences, Mme Faucheux aussi loquace que Mme Girot, reprit avant que la visiteuse eut le loisir de répondre :

— L'ennui, c'est que ma fille quittera Paris... Ça ne fera que du bien à sa santé, de vivre au bord de la mer, mais tout de même, il faudra s'y faire.

La petite affirma :

— Je m'y ferai, maman et tu viendras aussi avec Tintin, il finira d'apprendre son métier là-bas... il passe des quantités d'autos, il faut tou-

jours des mécaniciens et il n'ira plus galvauder
autour des restaurants de Montmartre au moins.

— C'est parler sagement, Mademoiselle, fit Mme
Chanteleau. La vie saine, fortifiante, au moral
comme au physique, est loin des grands centres.

— Madame, j'ai vu deux fois la mer, un aller
et retour au Havre, avec mon fiancé, puis dans
son pays, c'est la grande mer, là-bas... Je n'ai
qu'une envie : y retourner...

— C'est que le Havre est autrement important
que Soulac, hasarda le fiancé... et pour habiter
Soulac toujours, hiver comme été... j'ai bien peur
que vous vous ennuyiez !

— Voulez-vous vous taire, vilain! ordonna la
jeune fille. D'abord Soulac est important, vous y
monterez une pêcherie, pour les expéditions de
poisson, ce qui ne vous empêchera pas de vous
servir de « La Lucette ». Je tiendrai les livres, puis
mon ménage et comme il est convenu que nous
aurons beaucoup d'enfants, il faut être patriotes,
maman m'aidera à les élever... pas, maman?

Elle vint mettre toute souriante, toute naturelle,
le bras au cou de sa mère qui s'était rassise et
conclut :

— C'est surtout à ma sœur, que ça fera du bien...
l'air de la mer et on la mariera aussi là-bas, hein?
Ulric.

— Bien sûr, quand ça ne serait qu'avec un de
mes frères... J'en ai encore trois, bien qu'il y en
ait eu deux tués à la guerre... nous étions neuf
enfants...

## LE SAUVETEUR DE VIOLETTE

Il s'adressait à la dame en noir, qui le considérait avec de grands yeux fixes, la bouche pâle dans son pâle visage.

— Vous connaissez Soulac? Madame, interrogea-t-il?

— Non.

— Je ne suis pas de Soulac, d'un petit port de
pêche voisin, mais c'est à Soulac que nous nous
établirons... J'achèterai le poisson au sortir du
bateau et j'expédierai mon ancien capitaine qui
est un aveugle de guerre, me fait les fonds... Il
connaît Soulac, il y est venu une saison, avant
de partir pour l'Indochine... Il habitait avec sa
famille, un chalet en haut des dunes, qui s'appelle
« La Vedette ». On venait y vendre le poisson.

Lucie prit la parole :

— Je suis sûre qu'il ne vous dira pas, Madame,
qu'il a sauvé sa belle-sœur, la belle-sœur de son
capitaine, un jour de grande marée, ou plutôt une
nuit... elle était tombée de la fenêtre en voulant
accrocher les volets... Et, plus tard, à la guerre,
il a eu trois citations, la croix de guerre, la médaille militaire... c'est un brave, mon fiancé.

Elle débitait cela, fièrement, gentiment, tandis
que lui, tout rouge, répétait:

— Lucette, voyons, Mademoiselle Lucette...

— Eh bien, quoi, je ne dis que tout juste la
vérité.

— Mais, fit la mère, revenant à une réalité qui
la laissait incertaine, Madame l'avocate n'est pas
venue pour entendre tout ça... Vous les excusez,
Madame?

— Je crois bien, je suis toujours contente quand
je vois des gens heureux...

— N'est-ce pas?... puis la jeunesse, ça dépasse
tout... Qu'on me rende mon petit bêta de Tintin,
que ma fille aînée se porte bien et je n'aurai
jamais eu autant de bonheur... car le père n'était
pas facile et je ne l'ai pas eue douce... Enfin,
nous autres les pauvres, nous ne sommes au
monde que pour pâtir... Aussi, quand j'entends
Lucie dire qu'elle veut beaucoup d'enfants...

— N'ayez pas peur, fit en riant le pêcheur de
Soulac, on se modérera... Mais vous savez, ce
n'est pas ceux qui ont le moins d'enfants qui
réussissent le plus.

Mme Chanteleau fixait toujours sur ce garçon
aux épaules larges, au visage ouvert, son regard
dilaté.

Quelque chose ressemblant à un sourire, une
contraction adoucie par une volonté de participer
à l'expression générale, détendit sa bouche.

Lucie, décidément aussi loquace que sa mère,
avec en plus l'exubérance de sa jeunesse et de
son bonheur, compléta le panégyrique.

— Sans lui, son capitaine, aveuglé par un éclat
d'obus, restait dans la tranchée que les Boches ont
fini par faire sauter... Il l'a emporté sur son dos...
il est resté près de lui, jusqu'à ce qu'un brancar-
dier paraisse... Alors, vous pensez si le capitaine
lui veut du bien... C'est lui qui lui a fait cadeau
de « La Lucette », c'est chez lui qu'il vient à Paris,
tous les mois, car comme blessé de guerre — Il
a eu des schrapnels dans les jambes ce qui fait
qu'il a été pas mal charcuté — comme blessé de
guerre il voyage quasi pour rien... Nous pensons
nous marier... maman dit dans un an; mais nous
n'attendrons pas jusque-là!

— Toutes mes félicitations, répondit la visiteuse.

— Oh! le mariage! pas avant que ton petit frère
soit revenu, déclara la mère.

— Trois mois... ce n'est pas un an.

— Mais le sera-t-il, revenu ?

— Oui, affirma l'avocate.

— Et ma Nénette aussi? interrogea Mme Girot.

Maître Violette Chanteleau ne répondit plus.

La porte s'ouvrait encore, poussée librement.

Yvonne Girot dans sa toilette tapageuse, son
chapeau emprisonnant sa chevelure cuivrée, entra,
très fardée, enveloppée de fourrure.

Ses sourcils accusés comme ses cils par le coup
de crayon magique, se rapprochèrent.

— Ben vrai, maman, tu en as du monde!... moi
qui venais pour causer avec toi... Ah! Madame...
Madame Chanteleau...

Elle tendait une main finement gantée de suède.

Les deux fiancés, pressés peut-être de se ména-
ger un tête-à-tête, s'éclipsaient.

— Je ne vous dis pas de vous en aller, rectifia-
t-elle... Restez; maman et moi, nous avons le
temps d'être ensemble...

Eux étaient déjà dehors et Mme Chanteleau se
levait sans répondre au geste de la main tendue.

— Oh! je vous prie, fit la jeune femme, en jetant sa pelisse sur une chaise, ne partez pas, je serais allée vous voir... c'est aussi avec vous que je désirerais causer... et surtout avec vous... Vous me comprendrez comme femme, mieux que votre mari et je suis sûre que vous garderez le secret... le secret professionnel... Dis donc, maman, tu ne voudrais pas aller un peu chez ta voisine, à ton tour ?

— Alors, je suis de trop ?

— Pour le moment... je te raconterai après... je n'ai pas besoin que qui que ce soit se mêle à la conversation... Va, maman, et à tout à l'heure.

Mme Girot eut un geste vague, et passa le seuil que Mme Faucheux, retournant chez elle, venait de franchir.

Les deux femmes, debout, vis-à-vis l'une de l'autre, se considéraient, l'une dans l'attente, l'autre hésitant à parler.

Et Mme Chanteleau aperçut, dans l'échancrure du corsage, sur la peau mate où s'étalait un pendentif brillant, la petite main fatidique, au pouce replié, la main de Fathma, au bout de la mince chaînette d'or.

— Vous regardez mon porte-bonheur? interrogea Yvonne Girot, c'est un Marocain qui me l'a donné pendant la guerre. Les femmes et les enfants portent ça, par là... J'y tiens plus qu'à mon pendentif et à n'importe quel bijou... Mais je vous en prie, asseyez-vous un instant... En quelques minutes, vous connaîtrez, très exactement, la situation... Le hasard même qui m'a fait retrouver ma Ginette, complique tout terriblement... Votre mari ne vous a parlé de rien ?

### EXPLICATIONS

Nos affaires sont tout à fait indépendantes les unes des autres... A moins qu'elles ne deviennent connexes nous ne nous en entretenons pas... Ou, si nous nous en entretenons, c'est pour nous rendre mutuellement compte des résultats.

— Alors, vous lui avez raconté ce qui s'est passé vendredi, au Tribunal l'Enfants ?

— Oui... mais brièvement... très brièvement...

— Il sait pourtant que c'est ma fille que l'on jugeait.

— Il n'ignore pas l'incident... sans se rendre compte que c'est vous qui êtes la mère, très probablement.

— Eh bien, Madame, voilà ce qu'il en est... Vous avez entendu la première partie de l'histoire au tribunal... Maman a déballé le paquet... elle aurait peut-être aussi bien fait de se taire... il m'a fallu un certain courage pour réclamer la petite; je ne l'aurais pas fait, d'ailleurs, comme ça, en plein tribunal, si je n'avais pensé qu'on la remettrait tout de suite à sa mère. Le père de l'enfant est donc mort des suites de la guerre, en faisant jurer à son oncle qu'il en ferait son héritière, si la petite se retrouvait... L'oncle est à

toute extrémité... mais avec sa lucidité entière... Il veut voir Ginette, s'assurer qu'elle est l'enfant née de moi à la « Maternité » le 11 juin 1918 avant de signer le testament rédigé d'avance au lit de mort de son fils... Je le répète, ça ce n'est même pas une question de mois... peut-être pas de semaines, mais de jours... S'il n'a pas signé ce testament, tout est perdu...

Mme Chanteleau la regardait fixement.

Les yeux d'un bleu si sombre qu'ils paraissaient presque aussi noirs que ceux sur lesquels ils s'attachaient, semblaient, en les fouillant, vouloir atteindre au résultat de saisir la pensée qui pouvait naître de ce regard.

Mince et blonde, l'or des cheveux plus pâle sous le crêpe du chapeau, Maître Violette Chanteleau ressemblait à un Tanagra voilé de deuil, à côté de la plantureuse créature, aux bras nus, décolletée, qui attendait avec anxiété.

Le but était-il atteint, chez la première ?

Ses prunelles interrogatives avaient-elles trouvé le point à éclaircir?

Comme si son esprit, en se libérant, lui apportait une détente physique, ses traits prirent la mobilité indiquant un intérêt soudain.

— J'entends, en effet, fit-elle, ce que cela a d'important... mais, comment aller contre la décision du Tribunal?... Je ne vois pas, du reste, pourquoi cette décision peut vous empêcher de faire régulariser une situation que le malade ne demande qu'à régulariser.

— Je vous dirai cela... Ce que je vous demande instamment, c'est d'obtenir que je puisse mener Ginette à son grand-oncle...

— Pour la reconduire après, rue de Vaugirard?

— Vous avez ma parole.

— Je ne sais pas si elle suffira... L'Œuvre a la responsabilité de l'enfant...

— Voyons, on ne peut pas la confier à sa mère?

— Quelqu'un sûrement l'accompagnera...

— Et pour quoi faire ?

— Pour contrôler la visite.

— La confiance règne !

— Et la ramener ensuite.

— Comme si l'idée me viendrait de la garder!... Je sais bien ce que j'encourrais... Seulement une tierce personne éveillera des soupçons.

— Lesquels ?...

— Lesquels ?... Croyez-vous, Madame, que je vais raconter les choses telles qu'elles se sont passées?... Croyez-vous que je vais dire que ma fille, parfaitement innocente d'ailleurs, a été en prison?... et qu'elle paraîtra, peut-être, en correctionnelle, dans une affaire de stupéfiants?... une affaire où...

Elle s'arrêta.

Un rapide frisson glissa entre ses épaules.

— C'est moi, Ginette et sa grand-mère, qui devons, seules, paraître devant l'oncle... J'ai toutes les pièces de la « Maternité » Mme Faucheux et une jeune blanchisseuse qui a eu, là, son premier enfant, n'y ont vue... et aussi le docteur Karel, chez qui je suis allée aujourd'hui... Je sors de chez lui, c'est votre mari, vous le savez, qui m'avait engagée à lui parler. Si je pouvais tout dire! Madame, je me confesserais complètement à vous, quand l'oncle de mon mari aura institué ma fille son héritière.

Avant d'attendre une réponse, elle avait saisi la main de celle qui l'écoutait.

— Faites que je puisse conduire librement mon enfant à cet homme, qui se meurt, et dont l'avenir de Ginette dépend.

Et Mme Chanteleau ne répondant point :

— Je fais partie de votre Œuvre, j'ai versé, l'autre jour, une cotisation importante..

— Nous accueillons toutes les bonnes volontés, l'argent est accepté avec reconnaissance, nous en manquons toujours pour ce que nous voudrions faire... Quant à enfreindre les règlements...

— Enfin, pour la mère!...

— Et si l'on s'en tient à ne vous donner la fillette qu'accompagnée ?

— Alors.. que ce soit vous qui l'accompagniez.

— Ce sera moi.

La promesse était péremptoire.

— Quand voulez-vous faire cette visite ?

— Mais, le plus tôt possible... aujourd'hui...

— Trois heures... il est trop tard, j'ai affaire ailleurs... Demain ?

— Soit, demain... mais sans faute, n'est-ce pas? La consultation qui a encore eu lieu hier, ne donne aucune certitude, quant à mon malade, si ce n'est celle qu'il est perdu. Un arrêt du cœur peut l'emporter en une seconde, comme il peut encore vivre six mois... le maximum... Pas de forte émotion...

— Celle-là ne va pas lui faire mal?

— Non... car il y est préparé... il a promis, il exécutera froidement... esclave de sa parole, si les preuves lui sont fournies... Plus jeune que son frère, lancé dans les affaires par celui-ci, qui lui facilita tous les moyens pour arriver, s'enrichissant alors que l'autre, pris dans un krach financier, mourait du chagrin de sa ruine, il considère, veuf et sans enfants, que sa fortune doit revenir à la fille de l'aîné de ses neveux, plutôt qu'à un autre neveu, fils d'une sœur, avec laquelle il était mal, et qui a une sitation suffisante... Je lui ai appris que j'avais retrouvé ma mère, et, par conséquent, Ginette...

Il l'attend.

Il s'étonne que je ne la lui aie pas amenée de suite. J'ai dû lui dire que ma mère habitait loin de Paris... Il veut aussi voir ma mère...

Est-ce que je peux le prévenir pour demain, madame ?

— Prévenez-le...

Cette fois, Maître Violette Chanteleau atteignait la porte.

— A quelle heure dois-je me rendre rue de Vaugirard ? demanda la mère de Ginette.

— Vers cinq heures; je serai au Palais jusqu'à quatre heures et demie; je viendrai vous prendre à l'Œuvre, où j'aurai prévenu.

— Merci, Madame, merci.

Et, tout bas, comme elle atteignait le seuil :

— Regardez, en passant dans la limousine, il a voulu encore me suivre.

<br>

SUR LA PENTE FATALE

CHEZ Mme Faucheux, la porte en face, on avait entendu celle de Mme Girot s'ouvrir, se refermer, et un pas que marquait un talon haut, descendre l'escalier.

Mme Girot rentra chez elle, en disant à sa fille :

— Maintenant, je renvoie ceux qui voudront entrer, que nous soyons un peu ensemble, causons. Vovonne.

Et celle-ci, debout devant la fenêtre qui donnait sur la cour sombre de la maison ouvrière, demeurant silencieuse, le front barré d'un pli.

— Qu'est-ce qu'il y a qui ne marche pas, ma fille ?

— Je vais jouer une forte partie,.. Souhaite qu'elle réussisse !

— Tu parles, si je le souhaite !

— Je pourrais, alors, te servir des rentes.

— Ça ne ferait pas mal dans le paysage... Mais, tu sais, je peux encore travailler... et comme rentes je trouverai à m'employer, si je le veux, à Soulac, où il y a un monde fou l'été, paraît-il... On est comme deux sœurs, Mme Faucheux et moi, on s'arrangera toujours... Je ferai la saison, et si je ne me plais pas l'hiver, là-bas, je rappliquerai à Paris.

— Je te répète que je te ferai des rentes... si je réussis...

— Ce n'est donc pas sûr, la réussite, maintenant que tu as retrouvé la petite ?

Le pli se creusa davantage au-dessus des sourcils noirs.

Elle répondit d'un ton bizarre :

— On n'est sûr de rien que quand c'est fait...

Puis, marchant à son tour vers la porte :

— Je dois partir... «il» est en bas...

— L'oncle ?

— Oui... il ne peut pas monter d'étages... sans quoi il me suivrait... soi-disant, je viens voir la personne qui m'a aidée à te retrouver... et qui était en même temps que moi à la «Maternité»... Ce n'est un mensonge qu'à moitié... Il me faudra produire aussi Mme Faucheux... Il ne s'exécutera que forcé absolument par sa conscience de le faire. Il n'aurait pas été tout à fait démoli, je l'aurais empaumé, le vieux... C'est un cadavre ambulant... il n'a plus de vivant que la méfiance... Il est temps de tout régler, il est temps! sous tous les rapports.

L'œil d'Yvonne Girot, la «grande brune» de l'hôpital de la «Maternité», s'assombrit, plus dur qu'au temps où elle disait, sa fille près d'elle, dans le petit lit des pauvres : «Il faudra bien qu'il m'épouse!»

Sous le fard, le visage se décomposait; il y avait une résolution mêlée de rage, dans l'éclair des prunelles, dans le rictus crispé.

Au lieu de franchir le seuil, elle repoussa la porte, revint en arrière et chercha une chaise près de cette fenêtre donnant sur la cour sombre.

A la grande stupeur de sa mère, ses coudes tombant sur ses genoux, elle cacha son visage dans ses mains et éclata en sanglots.

Mme Girot la regardait, ne reprenant que peu à peu ses esprits.

Et une sorte de crainte l'envahissait, que son bon sens naturel, sa prescience maternelle accusaient sans la préciser.

Il y avait quelque chose de louche dans le passé de sa fille... le passé compris entre la première année de guerre et cet instant où elle la revoyait, qui ne datait que de quelques jours, au Tribunal d'enfants.

Elle s'approcha, lui posa la main sur l'épaule.

— Yvonne... Yvonne... voyons, qu'est-ce que tu as ?

— Laisse-moi !

— A ta mère, allons... tu peux bien dire... tout ce que tu as à dire... ma fille... j'ai toujours été avec toi, n'importe dans quel moment, tu sais bien...

La jeune femme se dégagea d'un mouvement brusque et se levant, se mit à arpenter la petite pièce.

— Laisse-moi... tu verras bien si je gagne la partie.

Elle eut encore un grand sanglot, un sanglot sans larmes.

Et en regagnant la porte, elle prononça :

— Tu le sais, toi, si j'étais une brave et honnête fille... Il ne faut que ça, vois-tu... un homme qui passe sur le même trottoir que vous et qui vous suit, qui vous parle... toute la vie en dépend... toute... une question de trottoir, je le répète, et ça vous y mène quelquefois, au trottoir... à moins que ça ne vous mène ailleurs... Au revoir, maman. Demain je te dirai à quelle heure je te prendrai...

Sa mère la regarda qui descendait l'escalier, dans son manteau de fourrure, d'une élégance criante au long de cet escalier étroit, ou les murs suaient les frôlements des habits de travail, l'attouchement des épaules qui peinent, des coudes qui heurtent les parois, des bras soulevant les fardeaux.

C'était la ruche grouillante, la ruche familiale et ouvrière, le tapage des enfants, les criailleries des mères, le tic tac de la machine à coudre, des rires, une chanson, puis plus rien, dans le corridor et enfin le bruit de la rue.

La limousine élégante attirait l'attention, les gouailleries des uns, presque l'insulte des autres ; des gamins stationnaient sous l'œil du chauffeur en apparence impassible.

Une femme qui passait venant du lavoir, linge mouillé sur le dos, lança un mot cru à celle qui enjambait le marchepied, le bas de soie clair moulant la jambe jusqu'au petit soulier à boucle brillante.

SOUPÇONS D'UN MOURANT

L e moteur ronfla.

L'auto filait, la jeune femme assise près de l'homme à la figure de cire, emmailloté dans des couvertures, qui n'avait de vivant que les yeux.

La limousine alla jusqu'au boulevard Lannes, cette voie qui longe une partie du Bois de Boulogne, le long des fortifications, presque nivelées, et formant des terrains destinés à élargir Paris.

Là, s'élevait, entre des maisons de rapport, un hôtel au milieu d'un jardin, construction assez massive, confortable sans élégance, avec écurie et remise qui servait de garage.

L'auto franchit la grille, contourna la maison jusqu'au garage, après un arrêt devant le perron.

Un domestique dépaquetait le vieillard de ses couvertures, l'aidait à descendre et, celui-ci affermi sur ses jambes, refusant son service, arrivait au vestibule, comme la limousine entrait dans la remise.

La jeune femme montait lentement derrière lui.

Une porte s'ouvrit à la droite, au rez-de-chaussée, sur une grande pièce luxueuse et chaude, avec des lampes électriques voilées.

Il y entra.

— L'infirmière est là, Monsieur, dit le valet.

— Faites-la venir.

— De suite ?

— Mais oui, de suite.

— Vous ne vous reposez pas quelques instants? demanda sa compagne.

— Non... pour la bonne raison que je ne suis pas fatigué... Je me sens beaucoup mieux, ma chère Yvonne.

— Ah!.. il y a longtemps que vous ne m'en avez dit autant.

— Décidément, cette consultation a réussi... J'espère être satisfait de cette garde qui me fut recommandée par le spécialiste qui est venu hier, accompagné de mon médecin et d'un autre confrère, ancien interne comme lui, qu'il voulait me présenter comme remplaçant pendant une période d'absence pour un congrès médical dans l'Amérique du Sud...

La parole brève, essoufflée, le vieillard dont la taille assez haute s'était redressée, se courba comme brisé par l'effort.

Le valet n'eut que le temps de le prendre sous le bras, pour l'aider à s'asseoir dans la bergère qu'il ne quittait guère de la journée.

Le maître fit un signe, le domestique partit.

— Vous ne m'aviez pas parlé de cette consultation, dit Yvonne; ce n'est pas bien, mon oncle.

— Je ne voulais pas vous inquiéter, Madame.

Ce mot Madame, répondant à l'appellation familiale, n'amena qu'un sourire sur les lèvres trop rouges.

La jeune femme se pencha davantage et demanda :

— Demain, cinq heures, est-ce toujours l'heure que vous préférez, pour que l'on vous amène votre petite-nièce ?

— Toujours... vous savez bien que je ne change pas comme cela d'avis... seulement permettez-moi de n'appeler cette enfant « ma petite-nièce », que lorsque je serai absolument sûr qu'elle l'est.

— Vous avez entre les mains les pièces nécessaires... Ma mère viendra avec moi demain, ainsi que la femme qui se trouvait en même temps que moi à la « Maternité », Mme Faucheux, dont je vous ai déjà parlé... Vous appellerez, si vous le voulez, le brave plombier resté en relations d'ami-

...lie avec maman, qui ramassa ma fille sur le tas de sable, où le jour du mariage de votre neveu, le taxi la lança, en m'envoyant me fendre la tête sur le trottoir... vous pourrez également...

— Assez... il n'est pas utile que tout le défilé des témoins passe ici... Amenez-moi l'enfant, demain à cinq heures... Au revoir, à demain...

C'était un congé.

— Vous ne voulez plus de moi, aujourd'hui ?

— Je suis fatigué... prenez l'auto... sortez, restez chez vous... vous avez votre étage, vous êtes libre comme vous l'avez été depuis que vous habitez chez moi... Allez au théâtre, amusez-vous... Mais pourquoi diable, alors que vous avez de si beaux cheveux noirs, les avez-vous fait teindre en rouge ?

— Une fantaisie...

— Et une façon d'achever le deuil de mon neveu. Il est vrai que les circonstances n'ont pas permis que vous le regrettiez beaucoup...

— C'est vrai, répondit la maîtresse du mort.

Elle ajouta, tranquille :

— Puisque vous ne voulez plus de moi, je vous laisse... j'irai au théâtre ce soir.

— Ou au dancing.

— Vous m'engagez vous-même à profiter des années de jeunesse qui me restent...

— En effet... Allez, ma pauvre Yvonne... Vous avez eu vos jours de malheur... et avant de rencontrer André, vous étiez une bonne ouvrière et une honnête fille.

— Je sais qu'à votre manière, vous m'appréciez.

Sur le regard intense, un étrange regard où il y avait de l'animosité et de la pitié, se posa comme un soupçon.

Puis la flamme reparut, la lueur qui semble la dernière du flambeau.

## LES SOUVENIRS DE L'INFIRMIÈRE

A tenture au fond de la pièce se soulevait; une femme en tenue d'infirmière parut.

La porte refermée sur elle, par le valet qui venait de l'introduire, elle demeura un instant contre l'étoffe lourde.

Elle regardait Yvonne Girot qui, prête à sortir, s'arrêtait et se retournait à l'extrémité opposée du salon.

Le maître du lieu restait, dès l'entrée, invisible, enfoui dans la haute bergère dont le dossier le dépassait.

La nouvelle venue le devina, à ce coin de la cheminée où, malgré le chauffage central, un feu de bois jetait sa flamme claire.

Elle s'avança vers la bergère; le vieillard ne la vit que lorsqu'elle fut tout en face de lui.

Il eut un geste fatigué et pris d'un étouffement, murmura :

— Asseyez-vous.

— Puis-je en ce moment quelque chose ?

— Non.

Ce non était péremptoire.

Elle s'assit, pendant que celle qui allait sortir se rapprochait.

Toutes deux, silencieuses, attendirent.

Il dit, de son ton net :

— Yvonne, laissez-nous.

— Que cette crise au moins, soit finie...

— Ce n'est pas la dernière...

Elle ne dissimula pas un haussement d'épaules et s'en alla en coup de vent.

Le regard qui la suivit avait son étincelle la plus ardente, encore vite disparue sous le brouillard qui s'interpose entre la vie et le néant.

L'infirmière se penchait sur le malade dont elle allait prendre la responsabilité.

Elle palpait le pouls, tandis que la tête s'en allait en arrière et que les lèvres bleuissaient.

Ce ne fut qu'une alerte.

La prunelle se ranima; le buste redressé, dégageant son poignet, il interrogeait :

— C'est vous qui m'êtes envoyée, non pas par mon médecin, comme je viens de le dire à Mme Girot, mais par l'agent Ollier, qui mène l'enquête secrète qui je l'espère finira par éclairer ma conscience... Du reste, vous êtes bien infirmière... Asseyez-vous, je suis mieux, je ne vais pas, quant à présent, jusqu'à la syncope, qui sera peut-être la syncope finale... donnez-moi tous les détails.

Elle obéit en répondant :

— J'ai fait toute la guerre dans les ambulances... J'ai débuté quelques anées auparavant à Paris, à la « Maternité » et, après la guerre, je suis revenue à mes premières fonctions... Je suis infirmière en chef dans un établissement de puériculture en pleine Normandie... Je suis mariée, je n'ai jamais cessé de travailler, ce qui ne m'empêche pas d'avoir quatre enfants et de les soigner, je vous assure... Ils sont là-bas, en Normandie.

Peut-être cette loquacité fatiguait-elle le malade; il n'interrompit point pourtant.

— C'est là, fit-il, quand elle se tut, que mon agent vous a découvert... Il s'agissait de savoir quelles étaient les infirmières spécialement attachées à la salle où se trouvait en juin dix-neuf cent onze, la fille-mère qui s'était fait inscrire sous le nom d'Yvonne-André et qui donnait à sa fille, née de père inconnu, le prénom de Ginette.

— Nous étions deux, Monsieur, qui nous relayions, tantôt de jour, tantôt de nuit... J'avais remarqué deux accouchées, l'une belle fille, brune, violente, qui menaçait, paraissant aimer son enfant, mais criant qu'elle voulait surtout qu'elle vive pour se faire épouser... l'autre, blonde, mignonne, l'air si jeune, si triste, toujours muette, qu'on se demandait si elle n'était pas la victime d'un drame... Elle dut donner aussi un faux nom, elle avait également une fille... laquelle des deux était la plus chétive, je ne me souviens pas... pas brillantes ni l'une ni l'autre... il vous en passe tant par les mains!... Pourtant, ce dont je me rappelle, car je n'avais jamais vu ça, quoiqu'on en trouve de toutes les sortes parmi les nouveaux-nés, c'est le signe qu'avait l'une d'elles: cinq petits points noirs comme des grains de beauté, en bas d'une épaule...

Elle s'arrêta une seconde, les yeux fixés sur le regard où toute la vie se concentrait.

Elle reprit :

— On aurait dit une petite croix... Il me semblait bien... mais je me suis trompée... puisque, en démaillotant l'enfant qui venait de mourir, je ne les ai plus vus et que je les ai retrouvés sur celui de la brune... très bien portant, quand sa mère est partie... il me semblait que...

Elle s'arrêta, un de ces arrêts brusques qui impliquent une restriction.

La pensée demeurait singulièrement lucide, chez cet homme dont une maladie organique faisait à cinquante-six ans, un vieillard; lucide et peut-être intuitive.

— Il vous semblait ? interrogea-t-il.

— Que c'était la fille de la blonde, qui avait cette marque...

Un silence.

— Il vous semblait répéta lentement le malade, que c'était la fille de la blonde qui avait cette marque ?

— Oui.

— Et vous en concluez ?

— Que sans doute, je me trompe.

— Sans doute... Vous n'êtes pas sûre ?

— Évidemment...

— Admettons que vous ne vous trompiez pas... comment expliqueriez-vous...

Elle ne le laissa pas achever.

— Oh! Monsieur, il y a, par-ci par-là, dans des endroits comme la «Maternité», des choses qui ne sont pas banales... La brune voulait que sa fille vive, rien que pour se venger du père... Sa voisine, la petite blonde qui passait la moitié de son temps à pleurer et ne semblait pas s'apercevoir qu'elle avait un enfant, ne cachait pas qu'elle laisserait le sien à l'Assistance Publique... Il a pu y avoir une substitution...

Et, avant que son interlocuteur eût prononcé une parole :

— Je n'affirme rien, mais ces deux femmes parties de la «Maternité», j'ai pensé plus d'une fois à cette drôle de marque de naissance.

— En avez-vous parlé à quelqu'un ?

— Parfaitement... à un interne, qui s'appelait je crois... un Breton... un garçon très ferré et très gentil. Il s'appelait, voyons... Karel...

Le visage d'ivoire où luisait le regard, eut presque une rougeur.

— Karel! répéta le malade.

Et, la voix coupée par un halètement, très basse :

— C'est le nom du remplaçant que mon docteur m'a présenté et que m'a recommandé le médecin consultant...

— Ah ! Monsieur, je serais heureuse de le revoir !

Cri spontané de quelqu'un chez qui renaît un des bons souvenirs d'autrefois, la vie de l'hôpital avec tout ce qu'elle contient de surmenage, de tristesse, traversée de sympathies.

Le visage de l'infirmière, un visage honnête dans le flou de son voile, reflétait simplement la joie de retrouver quelqu'un de sympathique qui avait son estime et dont elle reconnaissait la valeur.

## MONSIEUR VOITOU

LA porte au fond de la pièce s'ouvrait encore très doucement.

Le domestique, stylé comme on doit l'être auprès d'un malade, marcha sans bruit vers le grand fauteuil.

Il se pencha pour dire un mot à l'oreille du vieillard qui répondit :

— Qu'il entre.

Le valet s'adressa à l'infirmière.

— Voulez-vous bien venir, Madame, on va vous montrer votre chambre.

Elle se leva silencieuse, sur un signe du vieillard qui fermait les yeux, fatigué.

Presque aussitôt, par la porte donnant sur le vestibule, un homme était introduit. Complet foncé, chapeau melon qu'il tenait à la main. Des yeux intelligents dans un visage fermé, complètement rasé. Une inquiétude traversa son regard lorsqu'il fut près du fauteuil. Était-ce un vivant ou un mort, qu'il avait devant lui ?

Mais la main bougea, les paupières se soulevèrent; une prunelle terne qui s'anima, tandis que la voix qui semblait venir de loin prononça :

— Vous avez quelque chose à m'apprendre ?

— C'est bien à Monsieur Silvaray que j'ai l'honneur de parler ?

— Parfaitement... et vous êtes le collaborateur ou plutôt le premier détective, l'as de l'agence Ox... celui qu'on appelle «Voit-tout».

Le détective sourit sans fatuité.

— Un sobriquet que j'ai peut-être gagné... et qui est devenu un pseudonyme... Or, le pseudonyme ayant force de loi, je signe en un mot: «Voitou.»

— Alors, Monsieur Voitou, je ferme les yeux et je vous écoute... Vous serez, j'en suis sûr, plus heureux que les collègues qui vous ont précédé.

— Monsieur, je suis arrivé à un résultat qui va peut-être vous décevoir, mais mes investigations sont très nettes... très sûres... Dois-je commencer par le commencement ou par la fin ?

— Comme vous voudrez.

— Je commence par la fin, puisque c'est par là que j'ai connu le commencement... Une question d'abord... Savez-vous pourquoi Mme Yvonne Girot, il n'y a pas une quinzaine de jours, a fait teindre ses cheveux noirs en rouge carotte ?

— Coquetterie, prononça M. Silvaray, la tête appuyée à la bergère.

— Parce que Mme Yvonne Girot est la maîtresse

d'un marchand de cocaïne, arrêté et qu'elle ne veut pas qu'on la reconnaisse.

L'effet fut galvanique, le buste redevint droit, les pommettes jaunes se foncèrent, les yeux reprirent un regard de vie.

Puis, comme toujours, la réaction vint, amenant avec elle une immobilité complète, une lividité mortelle.

Voitou chercha en se levant le bouton d'une sonnerie.

La voix faible défendit :

— N'appelez pas!... Je n'éprouve rien d'anormal, étant donné mon état...

Une demi-minute encore de faiblesse et les prunelles se ranimèrent.

— Continuez, ordonna maintenant le malade.

Appuyé au coin de la cheminée et prêt, malgré l'affirmation qu'on venait de lui donner, à appeler du secours en cas d'alerte, l'«As» de l'Agence Ox reprit :

— Les relations remontent à quelque temps, la dernière année de la guerre... «ils» se sont connus dans le Midi; «lui», un métèque, un rasta, très beau garçon, type oriental, qui se fait appeler Serge Ossoff.

— Elle me l'avait présenté comme un fiancé à qui elle avait tout confié. Ce Serge Ossoff... Russe de nationalité, disait-elle.

— Et ce Russe?...

— Eh bien, il passera prochainement, avec toute une bande, en correctionnelle... où sa maîtresse, qu'elle ait des cheveux rouges ou des cheveux noirs, sera appelée pour des témoignages qui pourraient bien la faire descendre au rôle de prévenue, puis d'accusée... Je suis très bien renseigné...

Pour compléter, il ajouta :

— Il y a eu, dernièrement, une descente de justice dans un appartement privé... La maison ayant deux issues, sur des rues différentes les oiseaux se sont envolés par le côté qui n'avait pas été gardé à temps, et il faut bien le penser, avec la complicité de la concierge. Madame Girot était du nombre... C'est le lendemain qu'elle s'est fait passer au henné.

— Vous êtes sûr de cela ?

— Sûr !

— Et vous garderez le secret ?

— Je n'ai enquêté que pour votre compte, je ne dois rien, qu'à vous, monsieur.

— Je vous demande le silence, que ce ne soit pas de votre côté que viennent les divulgations... Je crois bien connaître cette créature, entrée dans mon existence depuis la mort de mon neveu... Une impulsive peut-être, mais qui, si elle avait rencontré quelqu'un de sa condition qu'elle eût aimé, eût fait peut-être aussi la mère la meilleure, l'épouse la plus fidèle... Acoquinée au rasta vendeur de la drogue empoisonneuse, dominée par lui, elle est celle qui devient capable de tout... Elle absorbe, du reste, elle-même de la coco... cela, j'en suis sûr... Je l'ai vue tirer d'un petit sac, en peau de daim, à fermoir d'écaille, une boîte à poudre en or... ladite boîte lui échappa, s'ouvrit en tombant... elle était à double fond, renfermant,

d'un côté, une poudre blanche que, étant donné ce que j'avais constaté d'anormal dans l'allure de sa propriétaire, je n'eus pas de peine à classer... Elle m'avoua, du reste, à quelques jours de là, user de temps en temps de la « prise » pour oublier le chagrin causé par l'infructuosité de ses recherches...

M. Silvaray s'arrêta comme pour emplir d'air ses poumons.

Sous son facies de malade, s'animant d'ailleurs autant qu'il pouvait s'animer, on n'eut pas cru qu'il ne tenait plus à la vie que par un fil.

Le détective interrogea :

— Madame Girot vous a dit avoir rencontré, par hasard, sa mère, dans la rue ?

Le vieillard fit oui, de la tête.

— Elle l'a rencontrée, en effet, par hasard, seulement ce n'est pas dans la rue.

— Où ?...

— Au Palais de Justice.

— Au Palais de Justice!

— Où l'on jugeait sa petite-fille...

— Sa petite-fille... l'enfant...

— Oui, trouvée, une nuit, par des agents, en compagnie d'un gamin de son âge, dans l'escalier du métro Pigalle... Les deux gosses s'étaient cocaïnés, justement à l'aide de la « respirette » de la boîte en or à double fond, contenue dans le petit sac gris... Celui-là, certainement, dont vous venez de parler... Voilà où mon enquête m'a mené, monsieur; êtes-vous satisfait ?

— Si vous pouvez en garantir l'authenticité.

— Absolument.

Monsieur Silvaray porta la main à sa poitrine. Son visage redevenait celui d'un mort; il ouvrit la bouche sans parler.

Toujours debout contre la cheminée, l' « As » de l'agence Ox, tendait encore la main vers la sonnerie électrique.

La voix sortit des lèvres violacées, faible plus encore peut-être que pendant la première période de l'entrevue, mais aussi distincte.

— Voulez-vous revenir demain ?

— A quelle heure?

— Dans la soirée, après le dîner... sans faute.

— Sans faute, monsieur.

— J'aurai fait la lumière... si votre enquête est juste...

— Elle l'est.

— Je vous verserai, en dehors de l'agence, la somme promise... Si je mourais d'ici là...

— Quelle idée !

— Avouez que vous en avez peur... votre geste du côté du bouton électrique...

— Je crains une syncope... mais on ne meurt pas d'une syncope...

— Si, on en meurt... on meurt toujours dans une syncope...

— Evidemment, c'est la dernière... nous passons tous par là... la fin finale.

— Pour moi, la fin finale peut arriver d'un moment à l'autre... Attendez...

Le vieillard se leva, marcha d'un pas relativement ferme vers un secrétaire Empire authentique, comme tout l'ameublement du salon.

*— Je crois bien que je suis contente lorsque je vois des gens heureux (p. 30).*

Il prit, dans un des tiroirs, un papier timbré qu'il tendit à l'agent.

— Lisez.

Celui-ci parcourut la feuille.

« Si je venais à disparaître avant que je lui
« aie remis la somme ci-dessous: cinq mille francs,
» monsieur Voitou, premier détective à l'agence
» de renseignements privés, Ox, 120, quai des
» Orfèvres, présenterait ce papier chez mon no-
» taire, maître Blaize, rue Richelieu, qui est pré-
» venu, et lui paierait cette somme immédiatement.

» Signé :

» Claude SILVARAY. »

Daté du jour même, cela avait la valeur d'un acte.

En marge, avec l'abréviation conventionnelle: « En cas de mort seulement. »

L'As de l'agence était parti, reconduit par le domestique, en faction dans le vestibule.

## LA SYNCOPE

UNE femme soulevait une portière sur la gauche, tête nue, dans la broussaille rousse de sa chevelure, en robe de satin noir, une simple épaulette en guise de manche, la peau plus blanche entre l'échancrure élargie du corsage que le visage, où la poudre mauresque, la poudre à la mode, fonçait davantage la chair.

Yvonne Girot, à peine dans son appartement, jetait violemment son manteau, enlevait son chapeau et descendait.

Elle rentrait au rez-de-chaussée par la bibliothèque qui communiquait avec un fumoir, dont le parquet disparaissait sous une natte très fine, aux dessins multicolores, les portes sous des tentures de soie rayée, brodées merveilleusement, le mobilier, sièges, tables, meubles, confectionné par les Malgaches, comme les tapis et les tentures, meubles garnis de véritables bibelots d'orfèvrerie en or brut, de colliers bizarres et de bracelets lourds.

Cette pièce c'était un spécimen du grand luxe, à Madagascar, la sélection du travail des femmes dans la brousse, les teintures tirées des écorces d'arbres aux essences différentes, les tissages à la fibre d'aloès, pour la confection des nattes, des étoffes, du linge, napperons rivalisant avec les plus fines broderies européennes; des peaux magnifiques, de zèbres, de léopard, des oiseaux naturalisés de toutes couleurs, rappelaient à monsieur Silvaray, possesseur d'importants comptoirs dans notre colonie africaine, l'époque où il la parcourait, vivant de la vie des Hovas, exposé au double danger, le climat — et le poison — l'arme favorite des naturels de la grande île, aux richesses exploitées si peu encore par la France.

Ce fumoir donnait sur le salon, la porte ouvrant en dedans et du côté du salon, voilée aussi par une tenture.

Une curiosité intense s'était emparée d'Yvonne Girot; la partie s'engageait, tout l'intriguait et l'inquiétait.

Immobile, accotée au chambranle, elle avait, invisible, tout entendu: l'infirmière d'abord... le détective ensuite, si elle ne percevait que très peu des paroles de celui qui les interrogeait.

Au moment où, le détective parti, elle soulevait la portière, monsieur Silvaray, à l'autre bout de la pièce, lui tournait le dos.

Debout, devant le secrétaire resté ouvert, il compulsait des papiers.

A demi, il se retourna.

Il tenait un grand portefeuille rouge, dans lequel elle l'avait vu quelques jours auparavant placer le testament olographe où il ne manquait que sa signature, rédigé en faveur de sa petite nièce, née à la « Maternité » le 11 juin 1911, et déclarée sous le nom de « Ginette André », père inconnu ».

Sa signature...

Une pâleur de mort perçait sous le fard d'Yvonne Girot.

Elle sourit pourtant, s'avançant avant que l'oncle l'eût aperçue, de façon à donner l'illusion qu'elle entrait par le vestibule.

Justement le valet ouvrait cette porte; le maître avait sonné.

— Je vous avais dit de ne plus me déranger.

— Je vous demande pardon, je voudrais vous parler... il faut que je vous parle.

Elle prononçait ces derniers mots, tout près de lui, très bas.

— Demain, répondit-il, rien, avant demain.

— Je vous en prie.

— Non.

Et au domestique, le vieux domestique de confiance, qui attendait :

— Louis, téléphonez à mon notaire qu'il vienne... s'il ne peut avant le dîner, dans la soirée.

— Tout de suite, monsieur.

La jeune femme suivit le domestique qui la regarda reprendre l'escalier menant au premier.

Le téléphone se trouvait au fond du bureau, de l'autre côté du vestibule.

Yvonne s'arrêtait à mi-étage.

Elle vit le domestique rentrer dans le grand salon empire, remonta chez elle, remit sa pelisse, son chapeau.

L'auto attendait devant l'hôtel.

Elle rencontra Louis en descendant.

— Je ne reviendrai pas pour dîner, dit-elle; votre coup de téléphone a joint le notaire?

— Oui, aussitôt sorti de table, il sera ici.

— Monsieur ne vous semble pas plus oppressé que d'habitude?

— Il ne me paraît pas bien.

— Ce serait le moment pour l'infirmière de ne pas le quitter.

— Il m'a déclaré qu'il ne voulait absolument personne.

— Je sais, moi-même, il m'a renvoyée... J'entre pourtant... s'il avait changé d'avis.

— Je ne crois pas... Il sonnera quand il aura besoin.

— Je vous assure qu'il n'est pas en état qu'on le quitte d'une minute.

— C'est ce que je pense... mais inutile d'essayer d'aller contre sa volonté.

— Vous avez raison... je n'entre pas.

— Je donne le cordon?

— Oui,

Louis « donna » le cordon.

La porte s'entrebâilla sur le perron.

Le domestique retournait vers l'office.

La jeune femme s'arrêta une seconde, une demi-seconde devant l'entrée du salon.

Le notaire viendrait ce soir.

Elle poussa la porte qu'elle referma vivement sur elle.

Yvonne Girot étouffa un cri.

Il y avait un corps sur le tapis devant la cheminée où flambaient de grosses bûches.

Son premier mouvement fut de se précipiter sur la sonnette.

Son doigt ne toucha pas le bouton...

Tremblant de la tête aux pieds, elle regardait.

— Fin brutale, d'un instant à l'autre, avaient pronostiqué les médecins.

M. Silvaray tenait un papier qu'il voulait sans doute jeter au feu.

Sur le panneau rabattu du secrétaire, le portefeuille rouge, ouvert et un autre papier timbré... un second testament, « signé » depuis des mois dont elle parcourut avec stupeur, les premières lignes, le coup d'œil qu'elle jeta ensuite jusqu'en bas, lui suffisant pour qu'elle connût que sa fille et elle en étaient exclues.

Celui qu'elle enleva à la main inerte, dont la date demeurait en blanc et qui attendait la signature, c'était l'acte insinuant la fille naturelle d'André Silvaray légataire universelle, à charge pour elle de servir à sa mère une rente incessible et insaisissable, dont le capital, qui lui reviendrait, serait déposé au « Crédit Lyonnais ».

Les doigts du vieillard avaient déjà la froideur du marbre.

Elle retourna au secrétaire.

Pour que le dernier testament fut valable, qu'y manquait-il?

Une date.

Une signature.

Yvonne Girot la « grande brune » de la « Maternité », était la femme des décisions.

Le secrétaire contenait porte-plume et encrier.

Souvent, elle écrivait les lettres de celui qu'elle appelait, ce qui ne lui plaisait pas toujours, « mon oncle ».

Elle avait dans l'œil... dans la main, cette signature, cette griffe, deux, ou trois fois imitée machinalement.

La mère de Nénette, trempa la plume dans l'encre et s'appliqua...

Tout en s'appliquant, elle tremblait... et ce tremblement n'était-ce pas celui de la main incertaine, s'affaiblissant toujours, de l'homme qui, près d'elle, ne bougeait plus?

Lorsque Yvonne Girot, avec autant de précautions qu'elle y était rentrée, ressortit du salon, les deux testaments avaient repris leur place dans le portefeuille rouge, remis au fond du tiroir, le secrétaire refermé.

Sans bruit elle tira derrière elle le lourd battant entr'ouvert sur le perron.

Dans l'auto, elle s'affala, une sueur froide aux tempes.

Pour la deuxième fois de sa vie, Yvonne Girot avait vraiment accompli une mauvaise action.

## VISITE A GRAND'MÈRE

MADAME CHANTELEAU, à quatre heures et demie précises, sortit avec Ginette de l'ancien couvent de la rue de Vaugirard.

Sur ses cheveux bouclés serrés, avec leur pointe dorée, l'enfant blonde qui devenait brune, avait un feutre gros vert comme son ruban et son manteau de tricot.

Le fin visage restait d'un blanc nacré, les grands yeux bleus sérieux entre leurs cils sombres, se fixaient durant une partie du trajet en automobile, sur la glace qui leur montrait le va-et-vient de la rue.

Puis, ils s'attachaient à sa conductrice qui parlait, élevant le diapason doux de sa voix, pour dominer le bruit pénétrant du dehors, dans la limousine confortable.

— Alors, mon enfant, vous aimez bien votre grand'mère?

— Oui, répondit-elle, avec un mouvement affirmatif de la tête, très net.

— Elle vous a gâtée?

— Beaucoup... oh oui!

— Alors... si vous avez été si longtemps séparée de votre mère, vous ne deviez plus vous souvenir d'elle du tout...

— Si... j'avais quatre ans, quand elle est partie... et qu'on ne l'a plus revue... je me souviens de bien plus loin que ça... de bien plus loin...

— Vraiment?

— Elle vous battait!

— Sans doute parce qu'elle me battait.

— Oh! oui, j'en avais très peur... C'était ma grand'mère qui me tirait de ses mains... Oui, j'étais bien petite, mais je me rappelle... et aussi de ce qu'elle disait...

— Que disait-elle?

La fillette entr'ouvrit la bouche, pour la refermer sans répondre.

Son regard traversa encore la glace levée.

Mme Chanteleau la considérait.

Une contraction passa sur son visage, ses paupières voilèrent ses prunelles bleu sombre, comme celles de Ginette.

Enfin l'auto s'arrêta.

On était devant l'hôtel du boulevard Lannes.

La porte du vestibule s'ouvrit; presque en même temps la porte du salon.

Deux bras étreignirent la fillette, tandis qu'une jeune femme en noir disait :

— Entrez, madame... Une bien triste nouvelle, M. Silvaray est mort, hier.

Dans le salon, plusieurs personnes, qui regardaient les nouvelles venues.

Yvonne Girot avança un fauteuil.

— Veuillez vous asseoir un instant, quoique nous n'ayons plus rien à faire ici... M. Silvaray a été trouvé par son valet de chambre, étendu devant la cheminée et ne donnant plus signe de vie... Le grand médecin l'avait dit aussi, l'autre jour : il

peut disparaître d'une minute à l'autre... J'ai
appris cela dans la soirée en rentrant de dîner en
ville... C'était un bien honnête homme, un grand
cœur... le père de Ginette nous avait confiées à
lui... Je serais déjà partie, si je n'avais su que vous
alliez venir... J'ai pensé trop tard, à vous prévenir... Mais, n'est-ce pas, nous n'avons plus qu'à
vider la place?

— Evidemment, répondit Mme Chanteleau, qui
ne s'était pas assise, et devinait, dans les personnes présentes, les héritiers.

Ginette se dégageant elle-même de l'étreinte, à
laquelle ne répondait de sa part, aucun élan repas-
sait dans le vestibule.

— Me prenez-vous déjà ma fille? demanda Yvonne, ne vais-je pas l'emmener voir sa grand'mère?

— Je puis l'y accompagner, répondit l'avocate.

— Toujours de la méfiance!... Je me demande
quel serait mon intérêt, à l'enlever à l'Œuvre.

Le ton était amer, ironique, avec une sorte de
rancune qui pouvait bien cacher de la déception.

— Je ne puis prendre sur moi de la laisser aller,
répliqua Mme Chanteleau, de sa voix douce et
ferme.

Elle ajouta, après un geste brusque de la jeune
femme :

— Mon auto l'a amenée, je la reconduirai dans
mon auto... Nous pouvons nous rendre ensemble
chez votre mère.

— J'accepte... je ne puis plus disposer de la limousine, que M. Silvaray mettait à ma disposition... les neveux sont là... Je reviendrai quand
nous aurons mené Ginette à sa grand'mère pour
emporter ce que j'ai encore à moi dans l'appartement que j'occupais ici.

Les deux femmes étaient en voiture, Ginette en
face d'elles... Ginette avec son petit visage fermé
regardait surtout du côté de la rue.

Sa mère, cette mère retrouvée si étrangement
après des années, parla tout le temps du trajet,
poursuivie par la hantise qui perçait dans ses
moindres paroles.

M. Silvaray avait-il signé le testament qu'il devait faire, en faveur de la fille de son neveu?

Peut-être oui...

Peut-être non...

Une fois, il lui avait dit :

« Mes dispositions sont prises, cela ne fait point
mourir et puis, on peut toujours modifier. »

A la grâce de Dieu! elle avait retrouvé son enfant, elle voudrait bien la faire riche... En tout cas,
elle restait de taille à parer à son éducation et à
son avenir.

— N'est-ce pas, ma chérie? Comme tu es grande
et belle fille... comme je t'aime!... Toi, m'aimes-tu?

Le regard bleu, se fixa, très froid, sur le regard
noir.

Nénette enleva ses mains aux mains qui les
avaient prises.

La tête bouclée fit un signe négatif.

— Tu ne m'aimes pas?

— Je ne peux pas vous aimer... oh! non, pour
sûr!

La limousine s'arrêtait dans la rue populeuse
devant le corridor sombre de la maison grouillante, des gens ralentissant déjà le pas pour regarder.

Le chauffeur mettait rapidement pied à terre, et
ouvrait la portière.

La première, Ginette s'élança dans l'escalier...

Au cours des quatre étages on l'avait reconnue,
des grandes personnes, des gosses.

— Nénette! v'là Nénette qui revient.

— Et Tintin, alors et Tintin?

C'était la voix pleine d'espoir de Mme Faucheux.

La gamine revenait, le gamin aussi.

La déception fut aussi grande que la subite joie.

— Mme l'Avocate m'amène seulement voir ma
grand'mère, déclarait la petite déjà sur le palier.

— Pourquoi n'a-t-elle pas amené Tintin?

— C'est que nous avions à faire une démarche
toute particulière, répondit Mme l'Avocate; mais je
puis vous donner de bonnes nouvelles de votre
fils... Il va très bien, et il s'est déjà adapté à la vie
régulière de l'Œuvre.

— Ça ne m'étonne pas, il est si facile, mon pauvre petit... jamais un désagrément, avant toute
cette histoire...

— Maman n'est pas là? demanda Yvonne, heur-
tant coup sur coup à la porte qui faisait juste vis-
à-vis, à celle de la porteuse de pain...

— Oh! elle ne tardera pas à rentrer... Venez chez
nous... En voilà, une autre aventure, ce monsieur
qui meurt sans crier gare... Il paraît que vous ne
savez pas s'il a fait le testament... Pour être une
guigne, c'est tout de même une guigne...

— Oh! Ça m'est bien égal à moi, s'il ne l'a pas
fait le testament, exclama Nénette, pénétrant la
première dans le logis, de la porteuse de pain, je
n'ai pas besoin de son argent... D'abord je ne suis
pas sa petite-nièce.

— Comment, tu n'as pas sa petite-nièce! exclama
avec un sursaut Yvonne.

— Non! fit nettement la gamine.

— Puisqu'il est l'oncle de ton père.

— Il n'est pas l'oncle de mon père...

— Ah! ça, Ginette, tu es pourtant assez grande
pour comprendre...

— Oui, justement, je comprends bien... Demandez
à Mme Faucheux, ce qu'elle disait une fois à
grand'mère, quand on me croyait endormie... de-
mandez-le... Ce n'est pas votre fille qui avait ces
petits signes.

— Veux-tu bien te taire! ordonna Mme Faucheux
qui se troublait, et se disposait à fermer la porte,
restée ouverte.

— Vous n'êtes pas ma mère!... cria la petite
d'une voix mauvaise. Mais sur le seuil, apparais-
sait Mme Girot :

— Ginette, ma Ginette, on m'a dit que tu étais
là!

La fillette était dans ses bras.

Elle se pendait à son cou.

— Grand'mère, garde-moi, je ne veux plus m'en
aller.

Mme Faucheux jeta à l'enfant :

— Peut-être ce n'est pas la grand'mère, maman
Girot?

— Maman Girot, ce n'est pas ma grand'mère?

Elle embrassait coup sur coup, avec une sorte de détresse, la brave femme qui pleurait.

— Oh! si c'est ma grand'mère, oh! si...

— Alors, tais-toi!

Et Ginette se tut.

Au bout d'un quart d'heure, elle se laissait emmener sans difficulté.

Dans la limousine, elle se retrouvait en face des deux femmes si différentes, qui presque constamment la regardaient.

Elle, elle avait fermé les paupières

On arrivait rue de Vaugirard.

Celle dont elle venait de renier la maternité, se pencha, la prit au poignet.

Ses yeux ouverts tout grands, rencontrèrent le regard noir, enflammé de colère, la bouche violente, articula :

— Ecoute, Ginette, écoute-moi bien : Si tu prononces encore des paroles comme celles que tu as prononcées tout à l'heure... Tu m'entends... malgré le bruit de la rue?... Réponds, m'entends-tu?

A mesure que l'injonction se faisait plus forte, les doigts se serraient autour du mince poignet.

— Oui, fit la fillette, sans essayer de desserrer l'étreinte.

— Eh bien, je te brise!

— Je n'ai pas peur de vous... ce n'est pas comme quand j'étais petite.

Puis d'un mouvement qui la tordit, à demi soulevée du coussin sur lequel elle était assise, elle arracha son bras à l'étau qui l'emprisonnait.

Un soufflet énorme la rabattit sur la banquette. L'auto s'arrêtait.

Et, livide, Mme Chanteleau, dont la main avait refait le geste brutal, atteignant à son tour au visage, celle qui avait frappé la fillette, Mme Chanteleau, la mère sans enfants, articulait :

— Misérable!

Le chauffeur descendait prestement de son siège pour ouvrir la portière

Aussi blanche que celle qui venait de venger Ginette, Yvonne Girot prononça, tenant encore l'enfant sous son regard :

— Tu ne reverras plus ta grand'mère.


UNE AFFAIRE DE « COCO »


DANS son cabinet de travail, boulevard Malesherbes, le magistrat, qui tenait quelques jours plus tôt, le rôle du Ministère public, au Tribunal d'Enfants, attendait.

Un feu de bois lançait de belles flammes claires dans la cheminée Henri II, qu'entourait un haut grillage de cuivre.

L'homme aux yeux morts, le grand aveugle de guerre, le commandant Jacques de la Grange, pouvait tendre les mains vers la chaleur bienfaisante, entendre le crépitement des bûches et leur effondrement dans le foyer rouge.

Il ne verrait plus rien, de ce qui retient, de ce qui charme le regard.

Autour de lui, la nuit noire, et peut-être dans son âme, une nuit plus noire encore.

Un grand gaillard au teint brun, aux prunelles franches, qui avait servi dans sa compagnie pendant la guerre, entra.

— Voilà, mon commandant, le monsieur que vous attendez...

— De l'agence Ox?

— Oui, monsieur Voitou.

— Qu'il entre tout de suite, Ulric.

M. Voitou pénétrait dans le cabinet du magistrat.

Même allure, même tenue que quelques jours plus tôt, lorsqu'il était introduit boulevard Lannes, dans le salon de M. Silvaray : complet foncé, chapeau melon, visage complètement rasé, impassible.

Seulement, lorsque Ulric eut disparu, sa physionomie s'anima.

— Monsieur, dit-il, j'ai trouvé.

— Enfin! exclama maître de la Grange.

— Il y a peu de temps que je suis chargé d'une enquête...

— Que d'autres n'avaient su faire aboutir... Monsieur Voitou, dites-moi de suite...

— Mlle Violette de Reybes, s'appelle aujourd'hui, Mme Violette Chanteleau...

— Violette Chanteleau!

— Comme son mari, avocate au barreau de Paris.

L'aveugle devint pâle comme un mort.

Il murmura :

— C'est elle qui plaidait l'autre jour, au Tribunal d'Enfants...

Et, sans plus, ouvrant un des tiroirs du bureau devant lequel il était assis, puis un portefeuille qu'il y prit renfermant un chèque tout préparé.

— Voilà ce qui est convenu.

Le policier demanda :

— Vous ne voulez pas vérifier d'abord?

— Je sais que l'agence Ox n'affirme rien dont il ne soit sûr... Votre réputation est faite, monsieur Voitou.

— Alors, je vous remercie bien... et s'il n'est pas à désirer, monsieur que vous ayez encore besoin de mes services... je vous prie cependant, le cas échéant, de ne pas m'oublier.

— Soyez-en sûr... mais... peut-être... Travaillez-vous pour le compte de la Préfecture?

— A l'occasion, on y réclame mes services... je préfère la filature, pour des particuliers.

— J'ai ouï dire, que vous vous intéressiez à une affaire de cocaïne, qui va se juger bientôt.

— Parfaitement tout une bande...

— Vous a-t-on lancé sur cette bande?

— Non.

— Pourtant vous avez fait une enquête?

— Privée.

— Je sais.

Le policier se mit à rire.

— Seriez-vous plus fort que moi?

Le substitut Jacques de la Grange demanda simplement :

— Combien vous faut-il pour ne pas vous en mêler?

— Pour ne pas m'en mêler?

Un pli rapprochait les sourcils très fournis de Voltou.

— Je pensais aujourd'hui même, certain d'être bien accueilli, porter au Préfet de police, le résultat de cette enquête privée..

— Qui met en cause, une femme.

— Oh! une... une demi-douzaine!

— Mais, très en vue, parce qu'elle est la maîtresse du marchand de coco, principal accusé.

— Le Russe, ou soi-disant Russe, Serge Ossoff.

— Parfaitement.

Le policier plaisanta encore.

— Mais vous me dépassez, monsieur le substitut... Vous dépassez l'as de l'agence Ox.

L'aveugle eut ce regard des yeux sans vie, qui monte au-dessus du son lui-même.

Il dit de sa voix calme, assurée :

— Il n'y a ici, ni substitut, ni as, mais deux hommes en présence... deux combattants... Car, vous avez combattu aussi.

— Nous étions peut-être ensemble au chemin des Dames?

— C'est là qu'un éclatement d'obus m'a brûlé les yeux.

— Comme on se retrouve!

— Donc, je ne parle pas au détective mais à l'homme... je fus soigné par cette femme... Il y eut entre nous je ne dirai pas une liaison... elle était déjà la maîtresse d'Ossoff... une de ces attirances physiques qui n'amènent point de conséquence... Et il y eut autre chose, qui fit de moi un coupable... La cocaïne à un moment de crise morale terrible dès avant la guerre, m'avait apporté l'oubli. Je la suppliai de m'en procurer... son amant était déjà abouché avec des trafiquants allemands, elle m'en apporta... elle n'en avait pas encore pris... Ce fut avec moi qu'elle absorba la première prise. Son départ brusque du Midi m'arracha à l'intoxication. Elle, paraît-il, resta dans une certaine mesure, victime du poison. Des affaires personnelles très importantes lui firent prendre tout à fait le dessus...

— Je les connais, ces affaires, interrompit M. Voltou.

— Je sais et c'est pour cela que je viens vous demander de ne rien faire contre cette femme...

L'as de l'agence Ox ne répondit pas.

— Vous n'avez pas de mission officielle, prononça son interlocuteur.

— Non.

Nouveau silence.

Puis, interrogation formelle :

— Combien, M. Voltou?

— Rien.

— Vous refusez.

— Monsieur le substitut, vous pouvez compter sur moi... Je ne connais pas, je ne connaîtrai jamais la maîtresse de Serge Ossoff.

— Merci, je signe le chèque, pour la somme que vous m'indiquerez.

— Ne me faites pas injure... La première affaire était une affaire. Ce que vous me demandez aujourd'hui est un service, d'homme à homme... Nous nous sommes battus au chemin des Dames.

— Je ne veux pas... je ne veux pas que...

— Eh bien, si c'est une affaire, je ne prétends pas la conclure.

Le commandant de la Grange tendit la main.

— Merci...

— Vous avez ma parole d'honneur.

L'étreinte fut vigoureuse.

Jacques de la Grange demeura au seuil de la pièce, comme s'il suivait du regard, tant que la porte du palier ne se fut pas refermée sur lui, l'as de l'agence Ox, M. Voltou.

Dans l'escalier, le détective croisa deux femmes l'une au troisième étage et qui montait à pied, l'ascenseur étant occupé, l'autre en bas, qui attendait que l'appareil redescendît.

La première de ces deux femmes, grande, des yeux de braise sous une voilette très serrée, les cheveux violemment teints au henné, était la maîtresse de Serge Ossoff, le trafiquant de cocaïne, celle dont il venait de dire :

« Je ne la connais pas, je ne la connaîtrai jamais. »

La seconde, en deuil, très blonde, mince et pâle, qu'il ne connaissait point.

Il passa.

Yvonne Girot sonnait à la porte du quatrième.

Ce fut au quatrième, que la dame en deuil, aux cheveux blonds, s'arrêta deux minutes plus tard.

La première passa devant Ulric, demandant :

— Monsieur est là?

Puis sur une réponse affirmative, elle pénétra tout droit dans le cabinet de travail.

La seconde, dans laquelle l'ancien pêcheur de Soulac — que connaissait doublement la première — retrouva madame « l'avocate », à qui on le présentait, chez les Faucheux, fut introduite dans le salon d'attente.

Les yeux bleus rencontrèrent le regard franc de celui dont la fille de la porteuse de pain, sa fiancée, énumérait les prouesses au front; y mêlant l'histoire du sauvetage de cette jeune fille du chalet « La Vedette », un soir de grande marée, l'été d'avant la guerre.

Elle eut un sourire pâle, avec un petit signe de tête :

Et tendant sa carte :

— Remettez-la de suite, si possible...

— Immédiatement, madame.

M. de la Grange rentrait seulement dans la pièce où il venait de recevoir le policier et où Yvonne Girot pénétrait à peine.

Avant que celle-ci eut dit un mot, Ulric tout en posant la carte sur le bureau annonça :

— Madame Violette Chanteleau, avocate à la Cour.

L'aveugle qui, les mains en avant, évitant d'obstacle, marchait pourtant d'un pas assuré, s'arrêta avec un sursaut.

La maîtresse de Serge Ossoff le vit blêmir.

Il prononça, comme quelqu'un qui prend un parti décisif :

— Fais entrer!

Puis, se ravisant :

— Je vais au salon... n'introduis plus personne, Ulric, personne!

— Non, mon commandant.

Le fiancé de la petite Faucheux jeta un regard à celle qui, d'autorité, venait de pénétrer dans le cabinet de l'avocat.

Elle lui fit signe de se taire, et lorsque celui-ci eut franchi la porte du côté opposé à celui par laquelle il était entré, lorsque l'ex-poilu l'eut refermée sur lui, elle articula à voix basse :

— Je l'attendrai ici, en lisant les journaux.

Ce n'était sans doute point la première fois que « la belle brune » comme Ulric la dénommait avant de la connaître, attendait ainsi « son commandant ».

Il se retira sans arrière-pensée.

A peine avait-il refermé derrière lui, qu'Yvonne Girot, son œil noir plus dur que jamais, sa bouche contractée, faisait un pas vers la porte que Jacques de la Grange, cet amant d'un jour dont elle était restée la camarade, venait de franchir.

## FACE À FACE

DANS le salon, un homme et une femme étaient en présence.

La femme regardait, arrêtée tout contre la porte, l'homme qui ne la voyait point... un homme au visage creusé, aux prunelles fixes, aux doigts agités d'un tremblement.

Ils demeurèrent un moment aussi immobiles l'un que l'autre.

Lui, la sentait là... peut-être l'entendait-il respirer.

Il attendait.

Une voix qui semblait lointaine, une voix sans intonation prononça :

— Vous savez qui est l'avocate Violette Chanteleau, monsieur de la Grange?

Il inclina sa tête au front large et ses mèches blanches, retombèrent sur ses tempes.

— Vous savez qu'elle s'appelait Violette de Reybes?

Le même signe affirmatif.

Le jeune femme prononça, toujours d'une voix blanche :

— J'espérais que le hasard ne nous remettrait jamais en présence, il me ramène « volontairement » vers vous.

Elle répéta :

— « Volontairement ».

Il eut un geste incertain, comme le mouvement de ses mains, lorsqu'il cherchait l'obstacle invisible.

— Parce que, fit-elle, comme s'il eût posé l'interrogation, j'ai retrouvé l'enfant dont vous êtes le père, et qui porte, comme sa grand-mère, comme la plupart des femmes dans votre ascendance, la petite marque derrière l'épaule, les quatre grains de beauté, en forme de croix... l'enfant qui est ma fille, née du plus odieux des crimes.

Le tremblement des mains s'accentua, le visage se creusa encore; l'homme baissa la tête sous l'accusation.

Et la voix morne, articula :

— Cette enfant, vous avez requis contre elle, à la dernière audience du tribunal d'enfants... Cette petite fille, la femme qui l'a réclamée n'est pas sa mère.

L'aveugle s'était détaché du mur.

Il s'avançait.

Et, lorsqu'il toucha le bureau, lorsqu'il fut tout près d'elle, et qu'il la sentit reculer, il implora :

— Je ne mérite toujours que votre haine, votre dégoût... rien ne peut effacer, rien... La destinée vous a bien vengée.

— Aucune vengeance de la destinée ne rachète le crime... Je ne veux point voir devant moi, le commandant de la Grange, c'est au criminel qui pénétra dans la chambre d'une jeune fille endormie... une enfant de dix-sept ans... la sœur de sa femme, qui s'évanouit de terreur et qu'il viola.

— Oh! je vous en prie, je vous en supplie...

— De quoi me suppliez-vous?... Il n'est pas de pardon pour certains attentats... quand je repris connaissance, je compris.. La tempête hurlait dans ma chambre, la mer montait avec furie... J'ai eu la folie du suicide... Sans un homme qui vous sauva la vie au front, comme il sauva ma vie cette nuit d'équinoxe, sans cet homme qui vient de m'introduire chez vous et qui ne m'a pas reconnue, l'Océan m'eut emportée.

Arrachée à la mort, j'ai voulu vivre, j'étais si jeune... Nul n'a rien su, nul ne sait rien... Comme la dernière des malheureuses, qui elles, encore donnent leur nom, je n'ai pas donné le mien... Ce que je ne voulais pas, c'est que ma sœur qui avait été ma seconde mère, et qui vous adorait sût rien jamais. Alors... je laissai emporter ma fille, qui vivait... par une voisine d'hôpital, qui elle, avait aimé, qui tenait à ce que son enfant vécût pour se faire épouser, et dont l'enfant était mort dans la nuit... Trois mois plus tard je recevais d'Hanoï la nouvelle du décès de ma sœur, votre femme, et de son enfant, votre fils...

Violette, s'arrêta.

Un sanglot déchirait sa gorge; elle se détournait, elle arrachait son regard, de cet homme effondré sur un siège, dans une détresse qui lui enlevait même la force de faire un geste. Sur son visage à elle, avec l'horreur de la scène évoquée, la haine survivait, implacable.

— Alors, reprit-elle, le remords vint... Je cherchai la pauvre petite qui était ma fille, qui était ma chair... Celle qui l'avait emportée, elle aussi, donnait un faux nom.. Puis, j'essayai de rayer de mon souvenir le passé abominable... Un homme, un cœur loyal, un honnête homme, me demanda d'être sa compagne. Je l'aimais aussi ardemment qu'il m'aimait, je ne sus pas faire le sacrifice de mon amour, j'eus peur de le voir... devant la vérité.. sacrifier le sien. J'ai bien lutté, je n'ai rien dit... n'étais-je pas la victime, la victime de toujours?... J'ai eu deux enfants, deux êtres adorables que j'ai perdus tour à tour... Et je l'ai connu le remords, comme je ne l'avais jamais connu... avec l'attirance de la chair vers l'autre enfant sortie de mes entrailles comme ceux que m'avait donnés l'amour... l'autre enfant née d'un crime.

— Oui, d'un crime, fit d'une voix sourde, le substitut Jacques de la Grange.

Puis, tout à coup se dressant, ses deux mains pressant ses tempes,

— D'un crime qui a pesé sur moi tous les jours de mon existence... d'un crime qu'une aberration des sens m'a fait commettre... Pourquoi, si innocente, si pure, si belle, déjà, aux côtés de votre sœur, que je n'ai pas cessé d'aimer, je le jure, avez-vous excité mon désir? Ah! l'homme... son désir, sa bestialité!... Ma femme est morte, avec notre enfant... ma mère a suivi, la guerre est venue... En m'exposant pour mon pays, je pensais au passé... Puis je cherchai ce que vous étiez devenue, à peine quelques minutes avant que vous entriez ici, j'ai appris que Violette de Reybes s'appelait, aujourd'hui, Mme Chanteleau.

— Vous cherchiez ce que j'étais devenue, répéta-t-elle...

— Un instinct... Sans rien savoir, je sentais que nous devions nous revoir, qu'il le fallait., oui, l'instinct, la prescience de celui qui n'en a plus pour longtemps à vivre. Une velléité de rentrer dans le mouvement, dans la lutte, de reprendre un siège de substitut, quel qu'il fût... m'a conduit au tribunal d'Enfants, où vous plaidiez... Je ne vous voyais pas... votre voix m'a fait vibrer, sans m'apporter un soupçon... Mais depuis un certain temps, surtout, je le répète, je cherchais... Non, je n'ai plus pour longtemps à vivre. Non seulement j'ai perdu les yeux, les gaz m'ont empoisonné, mes poumons sont détruits... Cette séance du tribunal d'enfants aura été mon chant du cygne... Tout ce que je possède, et ma fortune personnelle s'est accrue de gros héritages, au lieu d'aller à l'œuvre dont je fais partie depuis peu, ira à « celle » que vous avez retrouvée... une donation, que rien ne pourra modifier... avec votre tutelle jusqu'à la majorité.

Le commandant de la Grange était retombé sur sa chaise.

Mme Chanteleau, ses jambes fléchissant tout à coup, avait cherché un fauteuil.

Elle considérait, maintenant, cet homme, sans haine, sinon avec la pitié qui absout.

Elle ne pouvait point absoudre.

Une paix descendait en elle, elle allait avoir un enfant.

Dans ce silence qui régnait entre eux, retentit tout à coup, une sonnerie vibrante, celle du téléphone.

On heurta à la porte du salon donnant sur l'antichambre; Ulric l'entrebâilla à peine, pour demander :

— Mon commandant, c'est le docteur Karel qui s'informe s'il peut passer d'ici cinq minutes, un quart d'heure au plus.

— Je l'attendais. Oui, il peut passer.

— Le docteur Karel, répéta Mme Chanteleau en tressaillant.

Elle dit, de sa voix blanche de tout à l'heure :

— Le docteur Karel est l'ami de mon mari.

— Je suis, je le répète, un des adhérents à l'œu-

vre du « Foyer de l'Enfant »... Je puis choisir là, celui ou celle dont je veux assurer l'avenir... Or, le docteur Karel, président du Conseil médical de l'œuvre, est autant désigné comme exécuteur de mes dernières volontés que vous, l'avocate de la jeune accusée de l'autre jour... l'accusée que je n'ai point vue, l'enfant que je ne verrai point, pouvez l'être comme tutrice...

— Et le docteur Karel, d'ici quelques minutes, sera là?

— Je le recevrai dans mon cabinet.

— J'y passerai avec vous... Rien de plus naturel que je sois présente?

— Certes, puisque vous le jugez à propos.

— Je saurai mentir encore... Je l'ai su, et je mens toujours à l'homme que j'adore... C'est ce perpétuel mensonge, c'est l'abandon de « l'autre », l'innocente, que j'expie... mes deux enfants sont morts, et j'ai pensé bien souvent, depuis, à mourir... Je n'ai plus le droit de partir... moralement il faut diriger vers le bien celle qui n'a rien fait pour être malheureuse... la fillette trop jolie, trop précoce, qui pourtant n'est pas pervertie... Vous lui donnerez la fortune.. je veux lui donner la tendresse qui l'amènera à la compréhension du beau, du bien, qu'instinctivement elle paraît pressentir... La Nénette du tribunal d'Enfants m'a écoutée en se blottissant dans mes bras... son regard m'a dit qu'elle comprenait... Il me la faut, à moi, bien à moi, je veux ..

Une voix interrompit, vibrante de sarcasme, et de colère :

— A moi aussi, il me la faut... rien qu'à moi, c'est moi qui suis sa mère...

La porte qui communiquait avec le salon, entr'ouverte si doucement, que ni l'un ni l'autre — dominé par son émotion — ne s'en doutait, venait de s'ouvrir toute grande.

Et Yvonne Girot, hardie, hostile, la prunelle étincelante, apparut, laissant retomber la tenture derrière elle.

Le timbre de l'antichambre résonnait.

Ulric vint annoncer :

— Monsieur le docteur Karel.


### L'ÉVASION DE GINETTE

A ce moment précis, cinq heures du soir, une voiture de blanchisseur, une de ces grandes voitures qui viennent des environs de Paris, et livrent à leur clientèle, une fois par semaine, stationnait devant le portail de la rue de Vaugirard, donnant accès aux bâtiments de l'ancien couvent, aujourd'hui le siège de l'Œuvre du « Foyer de l'Enfance ».

Une gamine sortit par cette grande porte, un ballot de linge sale au dos, qu'elle laissa tomber sur le trottoir près du marchepied servant à atteindre le véhicule où un gros chien attaché court, aboyait à arracher le tympan des passants.

Au lieu de chercher à hisser son paquet, ou de rentrer pour en prendre un autre, la gamine tourna derrière la voiture, fit quelques pas dans la direction opposée, puis se mit à courir, bien vite perdue dans le va-et-vient des piétons sur le trottoir.

Ginette Girot, rencontrant au fond d'un couloir une petite blanchisseuse laquelle avant d'entrer dans une chambre y déposait son fardeau, s'en emparait, et, courbée sous le faix passait devant la concierge sans être reconnue.

Elle était loin, qu'elle courait encore, et dans sa peur d'être suivie, ne pensait pas à s'orienter.

*L'homme aux yeux morts pouvait tendre les mains vers la chaleur bienfaisante (p. 41).*

A un tournant de rue, elle s'élança pour traverser.

Une limousine la bouscula, la renvoyant contre le mur d'une maison.

Sa tête avait porté et la fillette tombait la figure ensanglantée.

C'était la seconde fois que l'auto meurtrière atteignait l'enfant de la « Maternité ».

La voiture s'était arrêtée.

Un homme en descendit, qui aida à transporter la petite dans une pharmacie.

Au milieu des invectives sortant du rassemblement aussitôt formé, le chauffeur arriva à expliquer avec le témoignage de plusieurs passants, que la gamine se jetait comme une folle au travers de la rue, au moment où il la tournait avec force coups de trompe et à allure très modérée.

L'agent qui accompagnait la blessée chez le pharmacien, voyant que celle-ci ne reprenait pas connaissance, engagea le patron de l'auto à la transporter lui-même à l'hôpital Trousseau.

L'hôpital était comble.

Pendant le trajet, sans revenir complètement à elle, la blessée avait remué.

Un interne se rendit compte que la fracture quoique tout près de la tempe, n'était pas grave; le pansement qu'il opéra, remplaçant le pansement sommaire du pharmacien suffirait en tout cas, pendant plusieurs jours.

On dresserait encore un lit supplémentaire dans une des salles bondées; mais la petite serait aussi bien chez ses parents.

Elle rouvrait les yeux.

— Ton adresse, mon enfant.

Elle ne répondit pas.

Elle murmura :

— J'ai très mal à la tête.

— On va te garder ici, ou te reconduire chez tes parents... veux-tu rester ici?

— Non.

— Eh bien, c'est moi qui vais te reconduire... Leur diras-tu, à tes parents, que tu t'es élancée dans la rue sans rien regarder, qu'il n'y a pas eu de la faute de mon chauffeur...

— Oui...

— Alors, où demeures-tu? La fillette ne répondit plus.

Elle voulut porter ses mains à son front. L'interne les lui prit.

— Ne touche point à ton pansement, cela te ferait beaucoup de mal.

— Sur la butte, il n'y a pas longtemps... près du Sacré-Cœur... je vous dirai, je ne me souviens pas du numéro... Non, je mens, mais je ne veux plus.

Les yeux bleus étaient très grands ouverts, comme dilatés.

Et tout à coup, la fillette supplia :

— Je veux qu'on me conduise à Mme Chanteleau...

— A Mme Chanteleau! s'exclama l'inconnu.

— J'allais chez elle, c'est chez elle que je voulais aller... je l'aime bien, elle... je l'aime bien.

— Mme Violette Chanteleau...

— Oui, c'est un gentil nom, Violette, elle, je l'aime... monsieur conduisez-moi chez elle, chez la jolie dame blonde qui a l'air si triste.

— Je suis son mari.

— Oh! alors... monsieur, je vous en prie..

M. Chanteleau regarda l'interne.

— Bizarre... je puis toujours la conduire chez moi. Ma femme s'occupe beaucoup de l'enfance... Mais dis donc, dis mon petit... tu ne viens pas de l'« Œuvre » de la rue de Vaugirard?

Les paupières voilèrent les yeux bleus, les longs cils foncés, faisant paraître plus blanc le petit visage aussi blanc que son pansement.

— Non, fit-elle dans un souffle.

— J'ai pourtant bien envie de te reconduire.

— Je me sauverai encore.

— C'est cela. Et tu t'appelles?.. Tu ne t'appelles pas Nénette?

Nénette serra les lèvres.

— Je vais te conduire près de Mme Chanteleau.

Les yeux d'un bleu intense, s'attachèrent aux yeux qui se fixaient sur eux, en même temps que ceux de l'interne.

Au bout d'une minute elle dit :

— J'aime mieux rester à l'hôpital que de retourner rue de Vaugirard.

— Je te promets de ne pas t'y reconduire.

— Et de me mener chez vous?

— Oui.

Ginette se mit sur ses jambes.

L'infirmière qui avait aidé au pansement lui passa le bras autour du buste, l'entraînant vers la sortie. Elles arrivèrent à la limousine devant la porte de l'hôpital.

M. Chanteleau quittait l'interne en lui disant :

— Ma femme se chargera de la ramener, d'où elle vient, si c'est toutefois absolument urgent... Quel hasard étrange!... Enfin, j'en suis quitte pour la peur. Il est miraculeux qu'elle n'ait eu que cette blessure insignifiante.

Dans cet auto — où elle était déjà montée avec celle qu'elle appelait « la jolie dame blonde qui a l'air si triste » — Ginette laissa aller sa tête sur le capitonné de drap gris.

Elle répéta :

— J'ai mal... j'ai mal..

Et, les yeux clos, elle demeura immobile, jusqu'à l'arrivée.

Chez lui, M. Chanteleau la confia à la femme de chambre plutôt étonnée et qui ne comprit qu'en apprenant l'accident.

— Faites un lit sur le divan, dans le cabinet de toilette de madame, vous la coucherez. Madame ne tardera pas à rentrer.

Une fois dans son bureau d'avocat, maître Chanteleau téléphona chez le docteur Karel, demandant qu'on lui dit de passer le soir même.

## QUERELLE TRAGIQUE

Moi aussi, il me la faut, rien qu'à moi qui suis sa mère! avait jeté Yvonne Girot se dressant tout à coup entre Jacques de la Grange et Violette Chanteleau.

Le même saisissement enlevait la parole au substitut et à la jeune femme.

— Votre fille est morte à la « Maternité », reprit la « grande brune », j'en suis sortie avec la mienne vivante.. Prouvez le contraire. Vous ne tiendrez sans doute pas à aller jusque-là, votre mari non plus, il y a eu... substitution volontaire de votre part.

Yvonne se tourna vers la sortie du salon.

Une sueur froide perlait au front de Mme Chanteleau.

La voix de Jacques de La Grange s'éleva.

— Prenez garde, Yvonne, je puis vous tirer d'une mauvaise affaire... Souvenez-vous que Serge Ossoff est en prison.

— Serge Ossoff ne me trahira jamais.

— Un homme sort d'ici, un détective privé, l'« As » de l'agence Ox... Vous en avez entendu parler... Cet homme peut vous livrer d'une minute à l'autre. J'ai obtenu qu'il se taise... Je le laisse marcher à la moindre hostilité de votre part.

Elle aussi, Yvonne Girot, avait pâli.

Elle jeta pourtant :

— L'héritage de l'oncle Silvaray, vaudra bien pour Ginette, votre fortune à vous... A moi, cela me fera des rentes...

Elle ricana en ajoutant :

— Ce qui me permettra de devenir une femme honnête... ce que j'aurais été, si une crapule d'homme, comme ils sont à peu près tous, ne m'avait barré la route... Vous savez ce qu'ils sont les hommes, vous, monsieur de La Grange, qui avez violé la sœur de votre femme, une malheureuse gamine, évanouie... la petite blonde qui eût mis sa fille à l'Assistance publique, si je ne l'avais emportée. La petite blonde de la « Maternité »...

Elle lançait cela d'un ton plus strident, avec un éclat qui arrivait dans la pièce dont elle laissait la porte ouverte sous la tenture, et où venait de pénétrer le docteur Karel.

M. de La Grange domina cette voix haineuse.

— De cet héritage vous n'aurez pas un sou, les héritiers plaident en annulation de testament, en déposant une plainte en faux... La signature n'est pas de leur oncle...

De pâle elle devint livide.

Son regard tourna dans la pièce comme celui d'une bête traquée.

Elle articula, d'une voix rauque :

— La coco... la plainte en faux. Et quoi encore!

L'aveugle reprenait :

— Je sais cela de ce matin, je suis allé chez mon notaire qui était le notaire de M. Silvaray... Si c'est vous, Yvonne, qui avez commis ce faux, vous êtes perdue, doublement perdue...

— Avant, j'en perdrai une autre! Et je crierai

votre crime à vous, à vous, monsieur le magistrat, monsieur le substitut!

Ses prunelles de braise s'arrêtèrent sur les prunelles bleues, dilatées, fixes.

Puis elle s'élança vers la porte ouvrant sur l'antichambre.

— Moi seul puis vous sauver, prononça M. de La Grange.

Elle se retourna, eut encore son ricanement :

— Me sauver!

— Vous sauver.

— Je n'y tiens pas.

Elle était dehors.

Violette semblait figée sur place.

Ulric qui, s'il entendait les dernières exclamations ne percevait rien d'autre, refermait sur Yvonne Girot la porte du palier.

Et par celle qui communiquait avec le cabinet de l'avocat, un homme entra.

Le docteur Karel, les traits altérés, marcha à Violette Chanteleau, qui défaillait.

— Le voilà donc le secret... le secret si profond qui mettait autre chose que le désespoir maternel dans l'âme de celle... que moi aussi... en passant entre les lits des accouchées, j'ai appelé la petite blonde... Violette, pauvre enfant, pauvre femme, pauvre martyre, et vous,... monsieur de La Grange, vous, misérable! J'ai tout entendu... tout.

— Qui, misérable! répéta le beau-frère de Violette de Reybes... Nul ne me méprisera autant que je me suis méprisé moi-même. Et je ne savais pas, je ne soupçonnais rien des conséquences... Un enfant était né!... Quel destin l'a jeté sur mon chemin... Vous le savez, vous le savez, docteur, la mort me guette. J'ai eu, dans la matinée, une hémoptysie... Je puis finir dans un crachement de sang... Ce n'est pas demain... c'est ce soir, que je dois arrêter mes dernières volontés. Cette émotion m'achève... Violette, me pardonnez-vous?

— Jamais!

Et celle qui avait été Violette de Reybes, repoussant l'aide du docteur Karel, marcha vers cette porte que venait de franchir Yvonne Girot.

Le médecin marchait derrière elle, craignant de la voir s'affaisser.

Mais à mesure qu'elle descendait, la jeune femme retrouvait son énergie.

Elle héla un taxi qui passait, n'entendant point Jean Karel lui dire, en lui montrant sa voiture :

— Je vous reconduirai.

Seulement, lorsqu'il referma sur elle la portière du taxi, elle le vit et prononça d'une voix calme :

— Je vais rue de Vaugirard.

A l'œuvre du « Foyer de l'Enfant » tout le monde était en émoi.

Une pensionnaire avait disparu :

Ginette Girot.

## LA MORT DE VIOLETTE

Sans qu'on pût soupçonner d'autre cause à son évanouissement que de la fatigue et du nervosisme, Mme Chanteleau perdit connaissance.

Il était huit heures lorsqu'elle rentra chez elle.

De l'Œuvre on avait envoyé chez la grand'mère de la fillette, mais là non plus on ne l'avait point vue.

On téléphonerait à l'avocate si on avait quelque nouvelle.

Son mari conversait encore avec quelqu'un dans son cabinet.

Violette passa de suite chez elle.

Presque aussitôt, François la rejoignait, le client parti.

Le domestique allait fermer la porte sur ce dernier; le docteur Karel sortait de l'ascenseur.

Il frôla le valet et pénétra, toujours sans se faire annoncer, dans le cabinet de l'avocat, après avoir laissé son pardessus dans l'antichambre.

Personne.

— Où est Monsieur?

— Peut-être chez Madame, qui vient de rentrer. Monsieur attendait monsieur le docteur... Je n'ai pas encore annoncé le dîner.

Le docteur connaissait l'appartement des Chanteleau aussi bien qu'il connaissait le sien.

L'entrée des chambres était libre, éclairée par la lumière de l'intérieur.

Jean Karel s'arrêta, tressaillant de la tête aux pieds.

Dans le vaste cabinet de toilette, ouvert sur le corridor, et précédant la chambre de Mme Chanteleau, cette dernière, à travers une crise éperdue de sanglots, de ces sanglots que rien ne peut retenir, prononçait, affaissée devant le divan transformé en lit, où était étendue une jeune fille, une enfant, la tête bandée et pâle comme un petit lis, des mots entrecoupés :

— Elle ne mourra pas... comme les autres... Je ne veux pas qu'elle meure. Je dirai tout... François, je t'aimais... je t'aimais, pardon... Ah! si moi je pouvais... mourir... François, François...

Et François qui avait, en quelques mots, expliqué, qui expliqua encore : « Mon auto... un accident... justement cette petite... » François eut tout à coup un cri, soulevant sa femme dans ses bras.

— Jean... ranime-la... Jean, elle se meurt!

— Tu es fou... vite sur son lit! Le cœur a-t-il fléchi?.. mais non, mais non... Ma trousse! ah! vite! vite!

Il s'élançait, arrachait sa trousse de la poche de son pardessus accroché dans l'antichambre, brisait un tube de caféine, et faisait une piqûre.

Il palpa, se baissa, ausculta, et se redressa, blême comme le mari, sur qui la foudre en tombant, n'eût pas produit une commotion pire que celle qui le tenait cloué au pied du lit, sans oser comprendre non plus la phrase terrifiante :

— Le cœur a fléchi... c'est fini.

### YVONNE SE SOUMET

A cette heure où la mort foudroyante — la mère après les petits — entrait chez François Chanteleau, une femme, non plus la menace à la bouche, bravant tout, encore affolée de peur, et disposée à tout, pourvu qu'elle pût fuir, recevait des mains du substitut, Jacques de La Grange, un chèque de cinquante mille francs, payable à Paris, dès le lendemain, et dix mille francs en espèces pour un passage en Amérique du Nord.

Yvonne Girot, avait trouvé, à son retour, chez elle, une citation à comparaître trois jours plus tard chez le juge d'instruction, qui interrogeait à plusieurs reprises déjà son amant définitivement incarcéré.

Jacques de La Grange lui avait dit :

— Moi seul puis vous sauver.

Elle se rendrait à merci.

Sur papier timbré, elle signait une déclaration toute prête, libellée par Voitou l' « As » de l'agence Ox, rappelé par téléphone, aussitôt Mme Chanteleau et le médecin partis, et qui, sans plus en demander, donnait son aide jusqu'au bout.

Cette déclaration était brève.

« Je renonce à toute intervention concernant Ginette Girot, l'enfant que ma mère a élevée, mais qui n'est point ma fille; ma fille est morte à la « Maternité », où elle naquit le 11 juin 1911.

« Signé :

« Yvonne GIROT. »

Le surlendemain, à l'heure à peu près où elle devait entrer chez le juge d'instruction, la maîtresse de Serge Ossoff prenait au Havre le paquebot.

Elle expliquait tout à sa mère, qui pleurait sur la perte de Nénette, qu'elle aimait comme sienne, toutes les larmes de son corps, et en lui laissant deux billets de mille francs :

— Quand Célestin sera libre, quand je me serai débrouillée en Amérique, où je vais faire des chapeaux, de la mode parisienne, tu viendras, si tu veux, me rejoindre avec lui... Jamais un mot sur Ginette. Ce n'est sans doute qu'à cette condition qu'on te permettra de la revoir.

La brave femme ne pourrait, d'ailleurs laisser échapper une phrase compromettante pour Madame Chanteleau; Yvonne n'avait pas prononcé son nom.

## EPILOGUE

Yvonne Girot était en plein Océan lorsqu'on enterra la « petite blonde » de la « Maternité », la victime du désir de brute, qu'un homme n'avait point surmonté, un homme qu'une violente et dernière crise d'hémoptysie terrassa quand il apprit l'événement foudroyant.

L'aveugle de guerre, le commandant Jacques de La Grange, suivait dans le repos sa victime.

François Chanteleau ne saura rien, jamais. Il veille sur cette jeune fille, dont sa femme adorée devait être la tutrice, et dont Mme Jean Karel s'occupe comme une mère.

**FIN.**

## PROCHAIN OUVRAGE A PARAITRE :

# LES ENCHAINÉS

### par EUGENE JOLICLER

*D'un geste vif, Nelly Moranges fit glisser son peignoir de laine blanche et apparut semblable à quelque mignonne statue de marbre à peine ébauchée, et ses formes fines, moulées de flanelle rougé, se découpèrent avec une savoureuse crudité sur le bleu intense des flots.*

*Du bout de son pied nu, elle joua un instant avec l'écume qui caressait le sable blond, puis, impatiente, la main en abat-jour, pour protéger ses yeux des clartés ardentes d'un soleil de midi, elle scruta la ligne irrégulière de petites cabines qui bordaient la plage.*

*— Qu'ils sont donc lents à se déshabiller! — murmura-t-elle, et, paresseusement, la jeune fille s'allongea sur la grève dorée. Tout occupée à plonger ses jambes dans le sable brûlant, elle n'avait pas entendu un pas alerte qui se dirigeait vers elle, et son nom, prononcé par une voix jeune et gaie, la fit bondir, souple comme une jeune chatte.*

*— Ah! Bernard, comment? c'est vous? Vous êtes donc en congé! C'est à peine si je vous reconnais. Mon Dieu, que vous êtes grand!*

*Et Nelly tendit sa main à un jeune homme d'une vingtaine d'années, qui la regardait en souriant.*

*— Mais oui, c'est moi; et vous aussi vous avez changé depuis l'année dernière; vous êtes toujours très jolie; mais vous n'avez plus l'air d'une petite fille.*

*— Ah! nous vieillissons... vous avez du choisir vingt ans, et moi quinze!...*

*(A suivre).*

# NOUVELLE COLLECTION NATIONALE

**Autant de lecture que dans un volume à 9 fr.**

## 95 cent. l'ouvrage complet illustré

*(Envoi franco de chaque ouvrage contre 1 fr. 10)*

### OUVRAGES PARUS :

1. Amants ou fiancés, par Charles FOLEY.
2. On a volé la Tour Eiffel, roman mystérieux, par Léon GROG.
3. L'Eternelle blessée, par P. VIGNÉ d'OCTON.
4. Un de trop, par Arthur DOURLIAC.
5. Sacrifice d'amour, roman dramatique, par Pierre ZACCONE.
6. La fiancée aux vingt millions, roman d'aventures, par Rodolphe BRINGER.
7. La Rançon du bonheur, roman, par G. PRADEL.
8. Le droit d'être Mère, roman social, par Paul BRU.
9. L'Ensorceleuse. — Un cœur en loterie. — Le Marchand de fantômes. — Poisson d'Avril. — La Nuit tragique, par A. CONAN DOYLE (traduits de l'anglais par René LECUYER).
10. Le béguin des Muses, délicieux roman, par Charles DERENNES.
11. Le Chambrion, roman dramatique, par PONSON DU TERRAIL.
12. Policier par amour, par Georges SPITZMULLER.
13. Le diable. — Les deux Hussards. — Une razzia au Caucase, par TOLSTOI (traduits par Georges d'OSTOYA).
14. Isidore a des peines de cœur, roman gai, par Rodolphe BRINGER.
15. Pour son fils, roman, par Amédée DELORME.
16. Vif-Argent, roman d'aventures, par Paul SAUNIÈRE.
17. L'Assassinée du téléphone, roman mystérieux, par Léon GROG.
18. Le malheur des uns..., roman, par Adrienne CAMBRY.
19. Ursule, dramatique roman, par J. MÉRY.
20. Les Robinsons de Paris, délicieux roman, par Georges BEAUME.
21. Le secret du souterrain, roman d'aventures, par Maurice JOKAY (traduit du hongrois, par J. L. FOTI et G. DELAQUYS).
22. La Châtelaine, roman d'après la pièce d'Alfred CAPUS, par Jacques des GACHONS.
23. La Jeunesse de Napoléon (extrait des mémoires de Madame la duchesse d'ABRANTES).
24. Le Mal de vivre..., dramatique roman, par Georges MALDAGUE.
25. Mariage d'argent, roman, par Georges PRADEL.
26. Les deux Fiancées, délicieux roman, par Gaston DERYS.
27. La Momie vivante, par A. CONAN DOYLE (traduit par Albert SAVINE).
28. Pierrette, par HONORÉ de BALZAC.
29. Pierrette, par HONORÉ de BALZAC.

30. Le Contrôleur des Wagons-lits, roman gai, d'après la célèbre pièce d'Alexandre BISSON, par André Bisson.
31. Le père Serge, par Léon TOLSTOI (traduit par Georges d'OSTOYA).
32. Marion l'Idole, roman historique, par Jean BOURDEAUX.
33. Graziella, par LAMARTINE.
34. Frissons d'amour, délicieux roman, par Charles FOLEY.
35. Les Mystères du Bagne, par Jean NORMAND.
36. Le Risque, roman, par Maxime FORMONT.
37. L'Aimée, délicieux roman, par Eugène JOLICLERC.
38. Le Roman d'une Courtisane, histoire de la DU BARRY, par Henry FRICHET.
39. L'Étrange et Aventureuse chevauchée de Morrowbie Jukes, par Ruydard KIPLING (traduit par Albert SAVINE).
40. Après le Divorce, émouvant roman, par Marie-Anne de BOVET.
41. Un drôle de fiancé, amusant roman, par Rodolphe BRINGER.
42. Raphaël, le chef-d'œuvre de LAMARTINE.
43. La Faute amoureuse, délicieux roman, par Maxime FORMONT.
44. Les plus joyeuses aventures d'Aristide Froissard, célèbre roman de Léon GOZLAN.
45. Bons mots et anecdotes, par DANIEL.
46. Le Sang, roman, par Eugène JOLICLERC.
47. Le Million du Père Raclot, roman sentimental, par Émile RICHEBOURG.
48. Chérie-Aimée, délicieux roman, par Adrienne CAMBRY.
49. Premier Amour, par Ivan TOURGUENEFF (traduit du russe par E. HALPÉRINE-KAMINSKY).
50. La folle Passion, roman par Marie-Anne de BOVET.
51. Les Amours de la Duchesse de la Vallière, histoire sentimentale, par Madame de GENLIS.
52. Le roman d'une vieille fille, roman, par Amédée DELORME.
53. Un Lys, émouvant roman, par Maxime FORMONT.
54. Adolphe, le chef-d'œuvre de Benjamin CONSTANT.
55. Aimer ?..., roman sentimental, par Guy de TÉRAMOND.
56. Élisabeth aux cheveux d'or, par E. MARLITT (adapté par E. B. LANG).
57. Le Chemin de l'amour, délicieux roman, par P. VIGNÉ D'OCTON.
58. Napoléon intime, raconté par son valet de chambre Constant.

*Prochain ouvrage à paraître :*

# LES ENCHAÎNÉS

**roman, par Eugène JOLICLERC**

## IL PARAIT DEUX VOLUMES PAR MOIS LE 15 ET LE 30

### EN VENTE PARTOUT

**F. ROUFF, Éditeur, 8, boulevard de Vaugirard. — PARIS (XVᵉ)**

Paris. — Imp. PAUL DUPONT (Cl.).

Nouvelle Collection Nationale. - Nᵒ 59.

www.ingramcontent.com/pod-product-compliance
Lightning Source LLC
LaVergne TN
LVHW011356170726
843501LV00006B/1855